Sách Sean
agus Scéalta Eile

Sách Sean
agus Scéalta Eile

Micheál Ó Conghaile
a d'aistrigh

Cló Iar-Chonnachta
Indreabhán
Conamara

Leagan Béarla © Na hÚdair 1997

An Chéad Chló i nGaeilge 2002

Leagan Gaeilge © Cló Iar-Chonnachta Teo. 2002

Scéalta a roghnaíodh as *Old Enough and Other Stories* (a roghnaigh Christine Evans), Pont Books, Gomer Press 1997

ISBN 1 902420 58 6

Dearadh clúdaigh: Lynn Pierce
Dearadh: Foireann CIC

Tugann Bord na Leabhar Gaeilge
tacaíocht airgid do Chló Iar-Chonnachta

Bord na
Leabhar
Gaeilge

Faigheann Cló Iar-Chonnachta cabhair airgid ó
An Chomhairle Ealaíon

the arts
council
an chomhairle
ealaíon
50ᵗʰ

Rinneadh an leabhar seo a aistriú le tacaíocht Cyngor Celfyddydau Cymru (Comhairle Ealaíon na Breataine Bige)

Clóchur: Cló Iar-Chonnachta, Indreabhán, Conamara
Fón: 091-593307   **Facs:** 091-593362   **r-phost:** cic@iol.ie
Priontáil: Clódóirí Lurgan, Indreabhán, Conamara
Fón: 091-593251/593157

Clár

Sách Sean

Catherine Johnson

Clingeann Mam an dinnéar amach as an oigheann micreathonnach, agus mise i mo shuí ansin, meangadh ar mo bhéal. Ach cuireann sé déistin orm breathnú air. Cóilis cháise nó rud éigin mar sin atá ann, é geal agus lán uachtair. Tá gal ag éirí as; táimse á shú isteach agus é ag dul timpeall agus timpeall istigh ionam. Is mise ag ceapadh gur tinneas 'maidine' a bheadh orm.

Níor inis mé fós di é. Níor inis mé d'aon duine. Ar éigean go gcreidim féin é.

'Anois, a Nat, caithfidh tú greim a ithe,' a deir Mam.

B'fhéidir go n-imeodh sé mura n-íosfainn, b'fhéidir mura dteastódh sé sách géar uaim. Piocaim suas an forc agus bím ag spochadh leis an stuif atá ar an bpláta, ag tarraingt pátrúin bheaga tríd, é cosúil le trá agus an taoide imithe amach. Is iad na cnapáin na clocha duirlinge, agus is é an t-anlann an gaineamh is é ag éirí níos tanaí is níos tanaí nó go mbíonn sé ar nós farraige ar an bpláta. Bhí tráth ann nuair a thaitin ealaín liom.

7

Ealaín agus snámh. Bhí linn snámha againn ar scoil, ach tá sé sin i bhfad ó shin anois.

Fuair mé jab, an dtuigeann tú; bhí an t-ádh orm, nach raibh? *Yeah.* Cúntóir cúraim, ag saothrú £4.00 san uair, Teach Banaltrais Bryn Haul. Thagainn abhaile agus boladh seandaoine uaim, boladh fualúil báis. Braithim mar a bheinn ag fáil bháis cheana féin. Fiú an rud beag glóthach atá istigh ionam, ag snámh sa dorchadas, tá sé sin ag fáil bháis agus gan é fiú saolaithe.

'Nat, mura n-itheann tú suas é sin beidh tú mall.' Tá Mam ag dul amach le Leanne, ag siúl ar bhóthar an chósta léi anonn go dtí an club snámha. Is í Leanne mo dheirfiúr. Dhá bhliain déag atá sí.

Tá a béile ar fad ite ag Leanne. Tá a haghaidh cruinn agus aoibh an gháire uirthi, agus tá sí ina héide scoile fós. Níl a fhios aici tada. Faraor gan mise i m'éide scoile fós. Faraor.

Bhí tráth ann agus b'fhada liom go mbeinn níos sine, ar nós Sarah béal dorais, í dhá bhliain níos sine ná mé. Tá sí ina cónaí thuas staighre, a hárasán féin aici le tolg bláthach agus cairpéid i ngach seomra. Tá a cuid gruaige cóirithe go han-deas aici, í díreach agus loinnir inti. Bhínn ag iarraidh a bheith ag breathnú cosúil léi agus éadach cosúil lena cuid siúd a chaitheamh agus mar sin de. Chuaigh mé thar fóir leis.

Thabharfá faoi deara uirthi cheana féin é, í mór agus ag éirí trom, agus an chaoi a gcaitheann sí an cairdeagan – é dúnta ag an mbarr agus ar oscailt sa lár mar a bheadh sé ag déanamh fráma timpeall a boilg. Tá bugaí roghnaithe aici ón gcatalóg agus tá Máirtín ag péinteáil an tseomra chúil. Stiofán a thabharfaidh a Deaid air más buachaill a bheas ann, nó Chelsea más cailín.

Cloisim an doras ag oscailt agus caithim amach sa doirteal. Scríobaim an stuif den phláta agus glanaim mo smig, piocaim suas mo chlóca oibre agus sacaim isteach i mo mhála é. Ní fiú liom bacadh le smideadh.

Taobh amuigh tá an ghrian ag dul faoi ar íor na spéire. Tá cuma álainn uirthi ach tá a fhios agamsa go bhfuilim deireanach. Sciobaim liom iris Mham don bhriseadh tae agus cúpla toitín dá cuid freisin is greadaim liom síos an bóthar.

Bím ag caoineadh i gcónaí na laethanta seo, hormóin, is dócha. É sin agus mé a bheith ag smaoineamh ar an neach strainséartha atá istigh ionam agus atá ag fáil ceannais ar mo chorp. Bhí orm cíochbheart níos mó a cheannach cheana féin agus nílim in ann mo bhríste a dhúnadh agus ní ithim tada. Tá rudaí faighte ag páiste Sarah cheana féin, go leor rudaí. Taispeánann sí dom iad, í á gcur amach ar an leaba, hataí bána agus miotóga. 'Cloígh le bán, agus beidh leat,' a deir sí.

Tá mo shúile triomaithe agam faoin am a sroichim an obair. Tá siad tar éis an tae a bheith acu. Leanaimse orm ag scríobadh plátaí, ag brú an dreama nach bhfuil in ann siúl isteach sa seomra caidrimh i gcathaoireacha rotha agus ag déanamh cinnte go bhfuil a gcuid táibléad ar fad tógtha acu. Bíonn an teilifís casta air an-ard i gcónaí. Ní bheidh *Coronation Street* air go ceann uair an chloig, agus mar sin suíonn siad ansin agus a lámha donna balscóideacha crágacha ar uillinneacha na gcathaoireacha, iad ag stánadh na fuinneoga amach, an chuid is mó acu.

Ach ní bhíonn Mrs Williams. Tá sise ag faire ormsa lena súile cruinne, súile glasa a bhfuil imir den donn i gceann amháin acu. Táimse ag dul thart leis an tae agus leis an tralaí brioscaí agus nuair a théim chomh fada léi tosaíonn sí ag caint liom, agus sin an rud deireanach atá uaim. Uaireanta bím ag déanamh amach gur fearr an chuid acu a bhíonn ag stánadh orm ná an chuid a bhíonn ag caint mar níl aon chall duit tada a rá leo ach amháin, 'Tae, a stór, brioscaí, a stór?' is é a rá amach os ard.

Tá a fhios agam go bhfuil fonn cainte uirthi ón gcaoi a bhfuil sí ag breathnú orm.

'Tae, a stór? Brioscaí, a stór?' a deirim agus líonaim cupán gan fanacht le freagra.

'Natalie, nach ea?' a deir sí amhail is dá mbeadh aithne aici orm, ach tá a fhios agamsa go maith go bhfuil sí ag léamh m'ainm ón suaitheantas. Sméidim.

'Breathnaíonn tú ró-óg don obair seo, ró-óg.' Deir sí é sin i gcónaí.

'Tá mé seacht mbliana déag.'

'An athróidh tú an cúisín le do thoil, mar gheall ar mo dhroim?' Agus díríonn sí í féin chun tosaigh. Claonaim timpeall uirthi agus mothaím a boladh, agus mé ag coinneáil siar an toinne múisc a mhothaím ag teacht orm. Dírím an cúisín agus socraím ar ais é.

'Go raibh maith agat, go raibh maith agat,' a deir sí. Seasaim suas díreach agus tarraingím anáil, agus cuirim braon bainne ina cuid tae.

'An bhfuil tú ceart go leor, a chailín?' Tá éadan uirthi mar a bheadh ar bhábóg fheosaí. An iomarca béaldatha agus gan a dóthain liopaí uirthi.

'Go maith, go raibh maith agat,' a deirimse is meangadh ar mo bhéal. Brúim an tralaí ar aghaidh go dtí Mr Hughes, nach ndeir tada agus a fhanann ina chathaoir rothaí.

'Cheapfá go bhfuil tú tar éis asal a shlogadh,' a deir sí, ag leanacht ar aghaidh, cé go bhfuil mé réidh le Mr Hughes agus ag freastal ar Mrs Price faoi seo. Tá prislíní le Mrs Price mar gheall ar an mbail atá ar a cuid fiacla. Dúirt mé é sin leis an tsiúr go minic ach ní fhaighim ach an chluas bhodhar. Déanann Mrs Price sórt fuaimeanna cainte agus sméidimse is meangadh orm agus táim beagnach críochnaithe.

'A chailín, a chailín!' a screadann Mrs Williams orm trasna an tseomra.

'Natalie,' a deirimse.

'Natalie,' a deir sise.

'Tuilleadh tae?' a deirimse. Níl tada uaithi, ach díreach le haird a tharraingt uirthi féin. Níl tada le rá aici, ná agamsa ach oiread agus caithfidh mé an seomra folctha a ghlanadh thuas staighre agus soithí an tae a ní.

'Feicfidh mé níos deireanaí tú, Mrs Williams,' a deirim, mé sásta gur éirigh liom fanacht múinte. Tá pian i mo dhroim. Táim seacht mbliana déag.

Brónach.

Ag an sos táim i mo sheasamh ag an doras cúil, m'aghaidh dírithe amach ar an ngairdín is mé ag caitheamh toitín. Níor éirigh Sarah as na toitíní ach oiread. Deir sí gur páiste beag atá uaithi agus ansin go mbíonn an bhreith níos éasca. Bím ag iarraidh an rud a shamhlú ag teacht amach asam, ag teacht amach asam, ansin. Ag caoineadh nuair a thógann siad é. Ní rud é, ach páiste. Is beag nach bhfeicim é, doirne dúnta, ceann brúite. Cailín atá ann. Cailín atá ann. Smaoinigh ar rud éigin eile. Nílim in ann. Níl sé uaim, níl, agus dá mhéad a deirim é, is amhlaidh is measa a mhothaím.

Tá Sarah ag iarraidh a páiste. Tá sí ag iarraidh é a chur i gcliabhán leis na rudaí clúmhacha a coinníodh uaithi féin nuair a bhí sí níos óige. Tá sí ag iarraidh go rachadh Máirtín amach ag obair agus tá sí ag iarraidh bugaí le scáth báistí nó rud éigin, a dúirt sí, agus clúdach báistí agus nead theolaí don pháiste. Bhínn ag ceapadh tráth go mbeadh a leithéid uaim. Táim chomh scanraithe sin. Bhí mé chomh sásta sin nuair a fuair mé an jab seo, chomh gar sin don bhaile agus do gach rud, ach anois táim ag iarraidh imeacht, Chester nó Manchester, Londain fiú amháin, áit ar bith. An páiste agus an jab lofa seo a fhágáil, agus imeacht.

Ní cnap é, is páiste é. Thaispeáin Sarah pictiúr dom i leabhrán a fuair sí ón gclinic. Tá lámha beaga agus cosa air. Fuair sí *scan*, chonaic sise a ceann féin ag gluaiseacht. Mothaím tinn arís agus caithim an toitín amach sa dorchadas.

Dúnmharú is ea ginmhilleadh, a deir Sarah. Nílim cinnte an bhfuilim rómhall agus níl an t-airgead agam. Níl ná ag Robert ach oiread. Níl mé ag iarraidh é a rá leis ar fhaitíos go mbeadh sé ag iarraidh é a choinneáil. Ach is dócha go gcaithfidh mé.

Níl a fhios agam faoi Mham. Dúnmharú is ea ginmhilleadh mar go bhfuil sé beo, a deir Sarah. Is é an rud is measa ar domhan é leanbh a mharú. Táim ag dul a chaoineadh. Má mhaireann sé, caillfear mé. Má mhaireann sé beidh mise i mo Mham. Ní Mam mé, ach cailín. Níl aon rogha agam. Glanaim an tralaí cócó sula dtéim abhaile. Suíonn Mrs Williams aniar ina leaba, ag insint dom faoina fear céile Ted.

'Gan aon duine chomh maith leis ar chósta thuaidh na Breataine Bige chun múchtóirí tine a dhéanamh.'

Tá pictiúr ann di ina gúna pósta. Gan aon leanaí, áfach.

Deirimse, 'Nár theastaigh leanaí uait, Mrs Williams?'

Breathnaíonn sí níos daonna gan a smideadh, ach leochaileach, is beag nach bhfeicfeá trína craiceann.

'Uair amháin.' Brúnn sí a cuid brobh gruaige isteach in eangach ghruaige. 'Tháinig mé tríd luath go leor.'

Tá rudaí deasa aici, Mrs Williams. Ornáidí, agus an prás agus na sraitheanna poircealláin úd, uafásach daor, déarfainn.

'Is éard atá uaim ná bás tobann, i mo chodladh, éalú as an áit seo.'

Féachann sí orm le súile donnliatha.

'Níor chóir duitse a bheith anseo ach oiread, a chailín. Níl sé sláintiúil.'

Téim abhaile sa dorchadas, mé ag dul bóthar na farraige, thar an mórbhealach, áit a dtéann na carranna chomh tapa sin agus síos thar an mbingó is an stuara. Tá na soilse air go fóill, agus Terry a bhíodh i mo rangsa ag glaoch amach na n-uimhreacha. Seandaoine ar fad atá istigh ansin, seachas cúpla gasúr. Tá an áit seo ar fad sean.

Clocha beaga duirlinge atá ar an trá agus déanann siad fuaim álainn, an fhuaim bhriosc dhuirlinge úd a chuireann ag gol mé, beagnach. Táim sé bliana d'aois agus mé ag rith síos i mo chuid buataisí. Tá an taoide amuigh agus táim ag siúl amach ag leanacht an phíopa sheachadta.

Ach tá sé dorcha anois, tá an spéir ina duibheagán agus tá Rhyl lasta suas ar íor na spéire, amhail is dá mbeadh na réaltaí ar fad tar éis titim in aon áit amháin. Suím fúm go cromtha ar an duirling ag éisteacht leis an bhfarraige. Suím chomh fada sin go mothaím an taise ag teacht trí mo chuid *jeans*. Táim ag iarraidh ar an bhfarraige mé a thógáil, mé a scuabadh chun bealaigh, críochnaithe, críochnaithe, ach níl mé in ann é sin a dhéanamh, fiú. Níl mé in ann fiú siúl amach i lár na farraige agus dearmad a dhéanamh ar gach rud.

Deifríonn traein thar bráid, gan stopadh, go Londain, sílim, nó áit éigin mar sin.

'Natalie, tá sé thar am agat do chuid toitíní féin a cheannach agus gan a bheith ag sciobadh mo chuidse.'

'OK, a Mham, éirigh as.'

Obair arís. Ar maidin inniu rinne mé iarracht a oibriú amach cé chomh fada agus atá mé ag iompar. Trí mhí.

Sílim. Mí Aibreáin a bhí ann, mise agus Robert sa charbhán an uair sin. Tá Robert ceart go leor, tá sé sin, ach níl na spéiseanna céanna againn. Is maith leis iascaireacht agus galf agus tá sé ocht mbliana déag. An bhfuil an saol chomh brónach dáiríre agus a cheapfá? Cheap mé go raibh mé in ainm is a bheith ag baint spóirt as an saol. B'fhéidir gur do dhaoine eile an spórt. B'fhéidir gurb é an uair le spraoi a bheith agat ná nuair atá tú sé bliana d'aois agus tú ag siúl amach chomh fada agus atá tú in ann ar an bpíopa seachadta.

Nó b'fhéidir nuair atá tú deich mbliana d'aois agus éalaíonn tú amach i gceann de na seanseallaí ón gcampa saoire dúnta agus bíonn do chéad thoitín agus do chéad *snog* agat. Caithfidh sé gurbh in é é.

Tá Mrs Williams ciúin anocht. Is beag nach gcaithim amach sula mbíonn an tae dáilte agam ach ní thugann aon duine faoi deara. Deir an tSr Joan go bhfuil m'aghaidh gcal, ach sin a mbíonn faoi. Babhtálann Glenys, duine de na banaltraí, a cuid irisí liom ar irisí Mham. Ceann de na hirisí ildaite úd nach gceannaíonn Mam in am ar bith mar go ndeir sí go bhfuil na héadaí ródhaor. Ar chúl na hirise, ar chúl ar fad san áit ina bhfuil fógraí do mhéadú brollaigh agus aistriú gruaige, feicim an focal 'Ginmhilleadh'. Scríobhaim an uimhir síos ar mo lámh agus déanaim an cócó.

Tá Mrs Williams ina codladh cheana féin. Tá a béal oscailte agus tá sí ag análú go gliograch amhail is dá mbeadh sí ar tí bás a fháil anois, ach téann tú i dtaithí ar a leithéid sin istigh anseo.

Ní rud é an bás ar fiú éirí tógtha faoi fiú amháin. Bíonn sé chomh fada ag teacht agus cuireann sé rudaí trína chéile. Tá a fhios agam sin anois. Féachaim ar a cuid grianghraf pósta: í sách dathúil, is tá cuma shásta uirthi, ar a laghad. Tá ceann ann di ar chapall agus ceann eile ina bhfuil sí ag teacht amach as seancharr. D'inis sí dom céard a bhí ann geábh amháin. Humber rud éigin, a dúirt sí. Tá a mála oscailte ar an urlár. Bogaim ina threo. Tá a fhios agam, tá a fhios agam.

Ansin feicim a cuid táibléad fágtha le taobh na leapa is gan iad tógtha ar chor ar bith aici agus dúisím í.

'Mrs Williams,' croithim a gualainn, go séimh, áfach.

Dúisíonn sí. Féachann sí orm, a súile ag caochadh, a súile níos lú ná lánstad.

'Mrs Williams, do chuid táibléad.' Líonaim an ghloine uisce agus fágaim le taobh a leapa é agus tugaim cúnamh di suí suas.

'Seo duit, ní féidir linn codladh gan ár gcuid táibléad, an féidir?'

'Ná habair "linn", ní tusa atá á dtógáil.' Slíocann sí a lámh trína cuid gruaige. 'Gan m'eangach ghruaige curtha in ord ach oiread.' Tá cantal uafásach ina glór.

Sínim chuici í, í cosúil le nead damhán alla níolóin.

'Scuab ghruaige.' Bhíodh cleachtadh ag Mrs Williams ar shearbhóntaí.

'Ar mhaith leat braon cócó anois?' a fhiafraím, agus mar is gnáth, doirtim amach é gan fanacht le freagra.

'An bhfuil tú ag iarraidh comhairle?' Slogann sí cúig cinn de na táibléid. 'Gread leat amach as seo chomh sciobtha agus is féidir leat. Ní háit é seo do chailíní.'

Ní deirimse tada agus mé ag brú an tralaí romham síos an pasáiste.

Ar maidin, nuair atá Mam imithe amach ag siopadóireacht glaoim ar an uimhir. I Londain atá sé. Níor ghlaoigh mé ar Londain riamh cheana. An bhfuil a fhios agat cá mhéad atá air, an gnó? £290 nó mar sin agus sin Learpholl, ní Londain, agus chosnódh sé níos mó orm dul chomh fada leis an áit i dtosach. Labhair an bhean ar an nguthán liom faoi 'roghanna', faoi mar a bheadh a leithéidí agam. Leagaim síos an glacadóir. Feicfidh mé Robert tráthnóna inniu. Nílim in ann é a chur ar an méar fhada níos faide.

Tá Robert taobh amuigh de theach ósta an Yacht le

Máirtín, Máirtín Sharah, agus sin Jason ón ngaráiste leo. Ceannaíonn sé deoch dom, agus deirimse go bhféadfaimis dul ar shiúlóid agus mar sin de, agus deir seisean fanacht nóiméad, go bhfuil Máirtín ar tí pionta a cheannach dó, agus tá a fhios agam nach mbeimid in ann imeacht go ceann uair an chloig.

Agus fad atá sé ag ól agus ag caint faoi bhaoití, táimse i mo shuí ansin ag smaoineamh, ní seo é, ní hé seo é. Ceann cipín atá sa duine seo. Seo é athair mo pháiste – ceartúchán, mo dhaba – agus níl ciall ná réasún aige.

Siúlaim amach gan tada a insint dó. Siúlaim amach agus síos an bóthar thar an siopa atá ar an trá, agus thar na buicéid phlaisteacha agus thar na daoine atá ina suí ina gcuid carranna ag ithe sceallóg. Sroichim Bryn Haul.

Tá Jean ag líonadh foirmeacha san oifig. 'Tá tú luath, a stór, níl tú ag obair go dtí a cúig.' Tagann meangadh ar mo bhéal agus deirim léi go bhfuilim tagtha anseo ar cuairt agus deir sí, 'Sin é do rogha, a stór. Ní thiocfainnse ar ais choíche ach amháin go bhfuil siad do m'íoc as.'

Tá Mrs Williams ina suí sa seomra lae agus tá quizchlár éigin i mbarr a réime ar an teilifís. Suím síos lena hais. 'Mrs Williams,' a deirim.

'Tá tú luath, a chailín,' a deir sí. 'An bhfuil tae ann?'

'Níl, ar cuairt atáim.' Féachann sí orm amhail is dá mbeinn níos simplí ná óinseach.

'Céard atá uait?' a deir sí amach díreach agus táimse chomh neirbhíseach sin. Níl aon duine ag breathnú, níl ann ach go bhfuil gach duine ag stánadh agus ag stánadh ar an teilifís, go tostach.

'Abair amach é.'

Céard is féidir liom a rá? Teastaíonn £300 uaim do ghinmhilleadh. Tá a fhios agam nach bhfuil aithne agat orm ach níl mé in ann ceist a chur ar dhuine ar bith eile. Osclaíonn mo bhéal, agus dúnann.

'Dúirt mé cheana leat, má tá brí ar bith ionat, imeacht amach as an áit seo, anois.'

'Sin an fhadhb,' a deirimse, 'táim ag súil.'

'Cheap mé go raibh oideachas gnéis acu sna scoileanna na laethanta seo.'

'Sshh.' Tá imní orm go gcloisfidh bean de na mná oibre í.

'Teastaíonn airgead uaim,' a deirimse, mé trí lasadh.

'Cheap mé go raibh seirbhís sláinte de chineál éigin sa tír seo fós,' a deir sí.

'Teastaíonn obráid uaim anois,' a deirim. 'Tusa an t-aon duine, an t-aon duine saibhir . . .' Déanann Mrs Williams gáire, ach táimse i ngéarchéim. 'Tusa an t-aon duine!'

Ní deir sí tada. Suíonn sí siar ina cathaoir agus meangadh uirthi. Bitseach, a smaoiním, bitseach. Cheap mé gur thaitin mé léi, beagán, ar aon nós. D'fhéadfainn é a chrochadh liom aréir i ngan fhios di agus ní bheadh a fhios aici choíche. Bitseach.

'Tá tú ag fáil bháis, ar aon nós,' a deirim. Agus is amhlaidh a mhéadaíonn an meangadh ar a béal.

'Agus tusa freisin, a chailín, agus go han-sciobtha má fhanann tú i bhfad anseo.' Bitseach, a smaoiním.

Táim ar ais sa bhaile, am tae. Tá cleachtadh snámha ag Leanne arís.

Deir Mam, 'Anois, anois, Nat, caithfidh tú rud éigin

a ithe.' Brúim thart ar an bpláta é. Tá Mam ag cur uirthi a bróga agus ag cuardach a heochracha.

'Ith suas é sin, Nat, nó beidh tú mall do do chuid oibre.'

'Mam,' a deirim, 'táim ag súil le páiste.'

Beo ar Éigean

Brian Smith

Bhuail Carl an gasúr san aghaidh agus thit sé ar a ghlúine ar an talamh, greim aige ar a shrón fhuilteach. Botún mór. Cic amháin agus bhí sé thíos. Críochnaithe. Stopfadh duine ar bith eile ag an bpointe sin agus d'imeodh. Ach níorbh amhlaidh do Carl. Lean sé air á chiceáil. Gránna.

Níor ghá sin a dhéanamh. Ní raibh an gasúr ach sa chéad bhliain agus níor chiallaigh sé tada a bheith in ann é a chiceáil. Gan tada déanta aige ach stánadh ar chíocha Mandy. Ceartúchán. Ní móide gur stán sé ar chor ar bith orthu ach gur cheap Mandy gur stán. Tá sise sa chéad bhliain freisin ach bíonn an chuma uirthi go bhfuil sí ocht mbliana déag ag an deireadh seachtaine. Nuair a choinníonn sí a clab dúnta, is é sin le rá! Rud atá beagnach dodhéanta don bhodóg chainteach! Tá Carl ag siúl amach léi le mí agus saighdeann sí é ina gcoinne siúd a chuireann isteach uirthi. Is cosúil go mbaineann an bheirt acu taitneamh as.

Ag geonaíl a bhí an gasúr anois. Rinne sé gnúsacht nuair a cuireadh an bhróg isteach.

'Goile uait,' a deirim. 'Tá an múinteoir ag teacht.'

Ag insint bréige a bhí mé ach d'oibrigh sé. De réir mar a chuala mé níos deireanaí bhí an gasúr ceart go leor, gan aon easnacha briste ná aon sceitheadh fola taobh istigh ná tada mar sin. Ní hé go gcuirfeadh sé sin isteach ná amach ar Carl. Níor chosúil gur chuir nithe dá leithéid isteach air níos mó. B'fhéidir nár ghoill a leithéidí riamh air ach amháin nár thug mise faoi deara sin ag an am. Bhínn ag ceapadh go rabhamar níos gaire dá chéile. Le deireanaí anois, nílim róchinnte. Ar aon nós níor chuala muid oiread is focal amháin eile faoi an tráthnóna úd. Bhí sé de chiall ag an ngasúr a bhéal a choinneáil dúnta agus thuig an chuid eile de bhliain a 9 cén sórt duine ab ea Carl agus céard a bheadh i ndán dóibh féin dá n-osclóidís a mbéal.

Ach ba í an eachtra seo a chuir mise ag machnamh agus, sílim, má thosaigh sé ag pointe ar bith – gur ag an bpointe seo a thosaigh mo chuid brathadóireachta.

D'fhás mise agus Carl aníos le chéile, ar an eastát céanna. Bhí muid sa rang céanna sa bhunscoil, ar an bhfoireann shóisearach pheile le chéile agus chuir muid beirt isteach ár dtréimhse sa Scoil Chuimsitheach ghránna chéanna. Gan ach sé mhí le dul anois, buíochas le Dia. Níorbh aon ribín réidh é Carl riamh. Agus ba mhinic leis a bheith ina mhaistín freisin, ach ná creid gach a ndeirtear faoi mhaistíní, gur meatacháin iad chomh maith. Níorbh aon mheatachán é Carl mar nach bhfuil a dhóthain samhlaíochta aige chuige sin. Go deimhin, tá mé ag ceapadh nach bhfuil faitíos air roimh thada. Is cuma leis. Sin é an rud is scanrúla faoi.

Níos deireanaí an lá céanna tá Carl ag beartú briseadh isteach sa Happy Shopper i Sráid Thomas. Tá an siopa á reáchtáil ag seanlánúin a bhfuil aithne againn orthu ó rugadh muid. Bhíodh muid ag ceannach milseán ann agus gan ionainn ach putachaí ach ba bheag beann a bhí ag Carl ar an méid sin. Ní fhéadfainn gan a bheith ag smaoineamh ar an ngasúr ó bhliain a 9 agus ar céard a tharlódh dá gcasfadh na húinéirí an bealach. Is pinsinéirí iad beirt, in ainm Dé! Dúirt mé leis gur cheap mé gur dhrochsmaoineamh a bhí ann.

'Níl sé de mhisneach agat bheith linn, mar sin, a shicín,' a dúirt sé liom. Bhíomar ag an gcúinne ag timpeall a haon déag a chlog an oíche Aoine úd agus muid ar fad ag gearán faoi chomh briste a bhí muid nuair a smaoinigh Carl ar a phlean mór. Cá bhfios nach ag an nóiméad sin a tháinig sé isteach ina chloigeann agus bhí an chuma ar an scéal gur bealach éasca a bhí ann le roinnt airgid a fháil. Isteach ar cúl agus cúpla dosaen cartán toitíní a sciobadh chomh maith le cúpla buidéal biotáille agus bhí do chion agat le tabhairt faoi na clubanna ar an Satharn.

'Táim ag troid in Bôn-y-maen amárach,' a mheabhraigh mé dó. 'Gheall sibhse go dtiocfadh sibh le tacaíocht a thabhairt dom. Bheadh sé seafóideach agus muid ar fad i bpríosún.'

D'imigh Carl agus na buachaillí eile, Dando, Mickey agus Pritch, agus rinne siad an jab ar aon nós. Maidir liomsa, chuaigh mé ag fálróid liom abhaile, mé ag fiafrú díom féin cén fhad eile a d'fhéadfainn an dornálaíocht a úsáid mar leithscéal le gan a bheith páirteach leis. Leis an bhfírinne a dhéanamh níor theastaigh uaim baint ná páirt a bheith agam le haon rud a bhí mídhleathach. Chuirfeadh sé isteach go mór ar mo thuismitheoirí dá mbéarfaí orm ag déanamh tada mídhleathach. Is beag an cháil atá ar mo mhuintir ach amháin gur daoine cneasta iad agus níl mise ag iarraidh a bheith ciontach sa cháil sin a scriosadh.

Mar a dúirt mé, tá aithne ag Carl agus agam féin ar a chéile le fada an lá. Seanchairde ó bhíomar i rang na naíonán. Bhíodh sé OK, an-bharrúil. Bhí sé beagáinín fiáin riamh agus ní bhíodh a fhios agat riamh céard a bhí ag dul trína intinn. Ach go bunúsach, buachaill maith a bhí ann. Ach anois, cheapfá gurb amhlaidh atá sé ag iarraidh rud éigin a chruthú an t-am ar fad agus ní bhíonn sé ag iarraidh aon duine ina aice. Ní ar feadh i bhfad, ar aon nós. Is mise an t-aon chara atá aige le fada an lá. Bíonn daoine ina chuideachta i gcónaí mar gheall ar an spleodar a ghineann sé, na sceitimíní agus an rírá . . . an mothúchán úd go bhfuil rud éigin ar tí tarlú. Éilíonn sé ómós agus tuigim é sin. Ach nuair a deir Carl, 'Taispeáin ómós éigin dom,' is éard a bhíonn i gceist aige dáiríre ná: 'Féach cé chomh craiceáilte agus atáim, ná seas ar chos orm . . . B'fhearr duit cúbadh chugat féin nuair a deirimse leat é.'

Mar a tharla, tháinig na buachaillí chun tacaíocht a thabhairt dom chun an naoú bua a fháil ar an tráthnóna Sathairn úd, sular thug siad aghaidh ar an mbaile mór ag díol a gcreiche. Maidir liomsa? Bhí cith agam agus ansin pionta seandaí leis an seanbhuachaill.

D'aithin mé go raibh sé bródúil asam agus ba leor sin ar bhealach éigin.

Táim go maith ag dornálaíocht. Nílim ag rá go mbeidh mé chomh maith choíche leis an bPrionsa Naseem Hamed ach tá mé sách ábalta agus chuir an troid sin isteach sna babhtaí leathcheannais mé i gCraobh Chlubanna Buachaillí na Breataine Bige. D'fhéadfadh Carl a bheith cumasach é féin. Níl sé rómhall fós dá gcuirfeadh sé chuige ach ní fiú leis é. Ghlac muid ballraíocht sa chlub an oíche chéanna ach níor thaitin an traenáil le Carl riamh. Ní fhéadfadh sé glacadh le horduithe ó aon duine ná glacadh le moltaí a chuirfeadh lena chumas mar dhornálaí. Bhí an chumhacht aige ceart go leor agus an bhís troda ach dúirt sé go raibh sé róchosúil leis an scoil – an iomarca rialacha agus treoracha. Mar sin chaith sé in aer é tar éis dhá bhabhta, cé gur bhuaigh sé an péire acu, dála an scéil.

Ar aon nós, an chéad uair eile a chonaic mé Carl ná sa rang eolaíochta Dé Luain. Bhí a liopa gearrtha agus ball gorm ar thaobh a éadain. Bhí cuma níos fearr ar mo chéile comhraic Dé Sathairn ná mar a bhí airsean, fiú tar éis trí bhabhta troda.

Is cosúil gur chas na buachaillí agus Mandy agus cuid dá cairde ar a chéile sa Top Rank. Ba léir gur thosaigh Miss 'Cíocha agus Cathú' ag troid le duine de bhuachaillí Townhill. Léim na maoir isteach go gasta ach ní sular tarraingíodh roinnt doirne. Anois bhí dhá gheaing chun tabhairt faoina chéile leis an gceist a réiteach.

'Oíche Dé hAoine, thíos ag an Muiríne,' arsa Carl ag

an sos. 'Cúig dhuine dhéag an taobh. Tá sé ar fad socraithe.'

'An mbeidh cluiche rugbaí againn leo?' a d'fhiafraigh mise, mé ag iarraidh greann a dhéanamh den scéal. Níor thug sé aird ar bith orm ach thosaigh ag tabhairt mionnaí móra faoin gcaoi a raibh sé chun bata *baseball* a thabhairt leis ainneoin go raibh sé socraithe gur le doirne agus cosa amháin a dhéanfaí an troid.

'Beidh cruinniú ann anocht thíos ag an siopa,' a dúirt sé. 'Beidh an chomhairle chogaidh ag teacht le chéile . . . Táim ag iarraidh ar gach duine a bheith i láthair.'

'Ní féidir liomsa,' a deirimse. 'Tá traenáil agam . . . nach bhfuil a fhios agat go bhfuil na babhtaí leathcheannais agam faoi cheann coicíse.'

'Bí *effin* ann, Geth.'

D'fhéach sé isteach i mo shúile agus d'fhéach mise isteach ina shúile féin. Níl a fhios agam céard a chonaic seisean ach ní fhaca mise tada.

'Léirigh beagán dílseachta . . . is tú an cara is fearr atá agam . . . teastaíonn uaim go mbeifeá ann . . . beidh tú ag teastáil.'

Bhí léas beag de chúr bán seile i gcúinne a bhéil agus bhí an chuma air go raibh faoi tabhairt fúm. Ní dhearna sé aon difríocht dó gur mise a bhí ann. Ba chuma leis.

B'fhéidir gurbh fhearr dá mbeadh troid againn ag an nóiméad sin. B'fhéidir. Ní bheadh a fhios ag duine choíche céard a thitfeadh amach san am atá le teacht dá ngníomhódh sé ar bhealach difriúil san am atá caite. Ach ní féidir liomsa gan a shamhlú go bhféadfainn rudaí a athrú dá mbeinn níos láidre. Agus ní go fisiciúil atá i gceist agam.

Is éard a rinne mé ná straois a chur orm féin agus a rá leis go mbeinn i láthair chomh luath agus a bheinn críochnaithe sa ghiomnáisiam.

An chaoi a mbíonn Carl ag caint uaireanta, cheapfá gur inár gcónaí sa Bronx nó in Oirthear Los Angeles nó in áit éigin dá leithéid atá muid. Ag féachaint ar na comhlaí cruaiche ar fad atá á gcur ar fhuinneoga na siopaí agus ar na *graffiti* ar fad atá i ngach áit shamhlófá gurb in é an treo a bhfuil cúrsaí ag dul. Agus déarfainn gurb in díreach a theastaíonn ó roinnt daoine thart anseo. Daoine á scaoileadh le gunnaí as carranna, lucht drugaí as a meabhair ar fud na háite . . . *yeah*, bheadh sé sin an-*cool*.

Anois den chéad uair, smaoiním ar chomh maith agus a bhí rudaí nuair a bhí muid beag agus bím ag fiafrú díom féin an bhfuil sé chomh hiontach sin bheith ag dul i méadaíocht. Ní haon sásamh é a bheith sean agus cráite, ar eastát s'againne, ar aon nós. Cuir ceist ar mo Mhamó . . . cos ní chuireann sí taobh amuigh den doras ó thiteann an dorchadas na laethanta seo. Tá timpeall scór duine cruinnithe thart ar an aon bhinse amháin nach bhfuil scriosta. Buachaillí is mó atá ann, ach tá Mandy í féin ann, in éineacht le cúpla cailín eile – cailíní crua gan mórán idir an dá chluas acu, de réir cosúlachta. Ní thugann aon duine aird dá laghad orthu agus is léir nach maith leo sin, cé nach féidir leo tada a dhéanamh faoi. Níl aon chion ag Carl uirthi. Ní raibh riamh agus ní bheidh. Ar feadh nóiméid amháin tá trua agam don striapach bheag.

26

Éiríonn Carl agus cuireann a lámh timpeall ar mo ghualainn, é ag breith barróige orm agus do m'fháscadh chuige amhail is dá mbeinn sa *mafia*. An iomarca físeán. Is beag nach mbím ag súil go ndéarfaidh sé gur mise an '*main man*' a bhí aige. Tá an rud ar fad chomh bréagach, chomh craiceáilte agus chomh neamhréadúil sin, ach mothaím nach féidir liom éirí as.

Tá gach rud pleanáilte agus teachtaireacht curtha amach chuig geaing Townhill. Deich a chlog oíche Dé hAoine i gcarrchlós áirithe atá sa chuid den Mhuiríne nár forbraíodh fós . . . i bhfad ó na hárasáin bheaga ghalánta, na siopaí beaga faiseanta agus na gailearaithe.

'Beidh muid ag dul ann faoi ghlóir is faoi ghradam,' arsa Carl, go bródúil. 'Beidh carr goidte ag Mickey agus Pritch dúinn,' a dúirt sé.

Níl a fhios agam faoi Pritch ach is féidir le Mickey briseadh isteach i rud ar bith agus an t-inneall a chur ag búireach taobh istigh de nóiméad. Is é an t-aon rud é a bhfuil sé go maith aige.

Tá a fhios agam nach mbeifear ag súil liom páirt a ghlacadh sa ghadaíocht ach ní fhéadfainn a rá leo, 'Éistigí, a bhuachaillí, siúilfidh mise ann.' Tá súil as Dia agam nach stopfar muid.

Ghlaoigh Carl go leataobh orm agus mhínigh sé dom cé chomh sásta agus a bhí sé a chara ab fhearr a bheith leis, is ag tabhairt tacaíochta dó ar an ócáid seo. Bhí clú áirithe ar Tony Morgans, duine de bhuachaillí Townhill, agus b'in ceann de na cúiseanna a raibh sé socraithe ag Carl an bata *baseball* a bheith leis.

'Tá sé ocht mbliana déag,' arsa Carl.

'Ón méid atá cloiste agam sháigh sé duine éigin le scian an samhradh seo caite.'

Go hiontach, a smaoinigh mé. Táim i gcomhluadar cúpla gealt agus ceapann gach duine acu gurb é an chéad Al Capone eile é.

D'inis mé dó faoin traenáil bhreise a bheinn ag déanamh don bhabhta leathcheannais. Níos mó reathaíochta le déanamh agus níos mó ama le caitheamh ag scoilteadh adhmaid taobh thiar den ghiomnáisiam. Bheadh a dóthain brosna ag mo Mhamó do dhosaen geimhreadh eile.

'Beidh mise agus na buachaillí ansin leat nuair a shroicheann tú an chraobh,' a dúirt sé. 'Is duine againn féin tú agus beidh muid ansin le tacaíocht a thabhairt duit.'

'Ó, buinneach,' a smaoinigh mé ach ní dúirt mé tada.

Ar ais sa bhaile, sheas mé sa seomra tosaigh ag stánadh ar na trófaithe, na coirn, na sciatha agus na grianghraif. Bhí m'athair ansin sna grianghraif, cár gáire air agus é bródúil as a mhac allasach fuilsmeartha, de réir dealraimh. Bhí a fhios agam go mbeinn ag cliseadh air dá rachainn leo ar an Aoine ach ní raibh aon bhealach as. B'éigean dom dul ann. Ba mise an cara ab fhearr a bhí ag Carl agus ní fhéadfainn cliseadh air sin ach an oiread.

Tháinig rud éigin a dúirt mo Dheaid tráth ar ais chun cuimhne ansin. Ba é an deireadh seachtaine ar bhris duine éigin fuinneoga theach Mhamó a bhí ann agus chinn ar na póilíní aon dul chun cinn a dhéanamh lena gcuid fiosruithe. Cé go raibh a fhios ag madraí an bhaile cé a bhí freagrach as, ní raibh aon duine ag rá tada mar gheall ar rud ar thug m'athair 'drochdhílseacht' air. Is éard a dúirt sé ná, 'Le bheith dílis, dílis dáiríre do rud éigin, caithfidh tú creidbheáil ann' . . . an mhaith atá ann a fheiceáil. Ní raibh aon mhaith i gCarl níos mó agus thuig mé sin go domhain i mo chroí.

D'imigh an chuid eile den tseachtain de léim agus ag ceathrú go dtí a deich oíche Dé hAoine, bhí mé féin agus dosaen buachaillí eile taobh amuigh den siopa sceallóg nuair a tháinig Mitsubishi 4WD agus Audi Quatro leis an gcláruimhir is deireanaí, na coscáin ag scréachach.

Bhí Carl taobh thiar den roth sa 4WD agus cár gáire air mar a bheadh ar ghealt. Bhrúigh muid ar fad isteach inti i mullach a chéile. Shuigh mise mé féin in aice le Mickey i suíochán tosaigh an Mitsubishi. Bhí gach duine ar bís le himeacht, agus iad chomh tógtha sin go raibh siad ag screadach. Bhí buachaillí ag bualadh a chéile, iad ar mire faoina raibh ar tí tarlú agus níorbh fhéidir srian a choinneáil ar na mallachtaí. Ba chuimhneach liom an bata *baseball* a fheiceáil fágtha i gcoinne an tsuíocháin agus bhí mé ag iarraidh a dhéanamh amach i m'intinn an raibh Carl chun é a úsáid in dáiríre, agus dá n-úsáidfeadh cén toradh a bheadh air. Dá n-úsáidfeadh bheadh sé ina rith te reatha againne síos an bóthar i dtreo na háite ina dtéann an abhainn isteach san fharraige.

Thiomáin Carl tríd an sparra agus é ag déanamh tríocha míle san uair nó go ndearna sé píosaí de os ár gcomhair ar an mbealach isteach chuig an gcarrchlós. Ansin bhuail corp duine i gcoinne fhuinneog tosaigh an chairr de phleist dhéistineach. Chuir sé a chos ar na coscáin de léim ach bhí sé rómhall don bhuachaill seo. An t-aon rud is cuimhin liom ná rud éigin i seaicéad Harrington á chaitheamh suas san aer agus ag titim anuas arís de phleist. Amach linn ar fad ansin i mullach a chéile agus tá an fhís seo agam de Carl ag tarraingt a bhata agus é ag screadach rud éigin. Agus ansin bhí gach duine ag rith. Bhí caismirt bheag nó dhó eile ann agus is cuimhin liom sonc a thabhairt do bhuachaill fionn áirithe sular éalaigh gach duine as amharc tríd an dorchadas. Ní raibh fágtha ach mise agus an seaicéad Harrington, muid i ngreim ag solas lampaí an Mitsubishi. Bhí cuma sách dona air. Fuil ag teacht óna shrón agus tuilleadh fola ag teacht as a bhéal. Bhí a chuid gruaige báite le fuil freisin agus é ina luí agus casadh aisteach ann. Bhí cuid amháin de m'intinn ag screadach orm agus ag rá liom é a thabhairt do na boinn, ag insint dom nach léimfinn isteach sa chró dornálaíochta don bhabhta leathcheannais choíche mura ndeifreoinn ar ais chuig an eastát. Ach ní fhéadfainn sin a dhéanamh.

Bhí mé ar mo leathghlúin ansin agus cloigeann an bhuachalla seo i m'ucht, mé ag rá leis go mbeadh gach rud ceart go leor. Theastaigh uaim go géar a chreidbheáil gurb amhlaidh a bheadh. Ansin tháinig na póilíní agus otharcharr. Bhí soilse gorma le feiceáil agus bhí duine de na fir otharchairr ag cur masc ocsaigine ar éadan an bhuachalla. Rug duine éigin ar ghualainn orm. Bhí an ghreim teann cé nach raibh sí garbh agus treoraíodh mé chuig carr na bpóilíní.

'Cén t-ainm atá air?' a d'fhiafraigh póilín díom.

Dúirt mé leis nach raibh a fhios agam, nach bhfaca mé riamh cheana é. Is beag nach ndúirt mé leis nach raibh baint ná páirt aige liomsa ach stop mé mé féin.

'Cén chaoi a bhfuil sé?' a d'fhiafraigh mé ina áit sin.

D'fhéach an póilín orm go fiosrach.

'Beo ar éigean, a mhic. Beo ar éigean.'

Chuala mé mé féin ag athrá an fhrása arís agus arís eile. Maidir le Carl, is dócha gur chuma leis faoin ngasúr. Beo ar éigean. Ghortaítí formhór na ndaoine a raibh aon bhaint aige leo. Go dtí seo bhí an t-ádh ormsa.

Chuir siad fios ar an seanbhuachaill agus bhí sé ann nuair a thug mé mo ráiteas. D'inis mé gach rud dóibh . . . Sceith mé ar Carl, d'fhéadfá a rá . . . agus níl aon aiféala orm. Bhí ar dhuine éigin é a dhéanamh agus más fealladóireacht a bhí ann ar na blianta sin uile ina rabhamar inár gcairde, bhuel, táimse sásta faoi sin mar tá nithe eile ann sa saol a bhfuil dualgas orm ina leith.

Nílim ar mo shuaimhneas faoi fós ach beidh in imeacht ama.

Ar aon nós beidh neart ama agam an chéad chomhrá eile a bheas agam leis a chleachtadh, mar nach bhfeicfidh mé go ceann tamaill mhaith é.

Ag Dreapadh an Dréimire

Nicola Davies

Theastaigh uaim riamh a bheith i mo ghruagaire. Dá bhrí sin, nuair a chonaic mé fógra i bhfuinneog shiopa Menna:

GLANTÓIR AG TEASTÁIL GACH MAIDIN SATHAIRN. NÍL TAITHÍ RIACHTANACH. LABHAIR LE M. VAUGHAN.

cheap mé go mbainfinn triall as. Taithí mhaith a bheadh ann. Níor ghlac Menna an-dáiríre liom i dtosach. 'Tá tú fós ar scoil,' a dúirt sí.

'Agus má tá, céard faoi?'

'Duine fásta atá uaim.'

'Cén fáth? Táim in ann dul ag scuabadh agus ag glanadh,' a dúirt mise. 'Agus ar aon nós, d'fheilfeadh an jab seo go breá dom, nach bhfeilfeadh? "NÍL TAITHÍ RIACHTANACH." Sin mise!'

'Níl tú ach trí bliana déag,' a dúirt sí.

'Táim ard do m'aois,' a dúirt mise, mé ar bís ag

iarraidh dul i bhfeidhm uirthi, 'agus is cíochbheart le cupán C a chaithim.' Thit na focail amach as mo bhéal i mullach a chéile. Mé féin agus mo bhéal mór. Ní fhéadfainn a chreidbheáil go ndúirt mé é.

Phléasc Menna amach ag gáire. 'B'fhiú duit d'aghaidh a fheiceáil,' a dúirt sí. 'Tá tú chomh dearg le coileach turcaí, a chailín.'

'Mo náire,' a dúirt mé. 'Sciorr sé as mo bhéal.'

'An bhfuil a fhios agat céard?' a dúirt sí, 'tabharfaidh mé seans duit ar feadh míosa. Go bhfeicfidh muid cén toradh a bheas ar rudaí. An bhfeileann sé sin duit? Ní bheidh mórán airgid as, go mór mór mar gheall ar tháillí scoile Colin.'

'Tá tú ag rá go bhfuil an post agam?'

Bhí mé sna flaithis.

'Bí cinnte go bhfaigheann tú cead ó do Mham. Agus caith péire ceart bróg. Beidh tú ag caitheamh tréimhsí fada ar do chosa,' a dúirt sí. '**Ach taispeánfar an doras duit**, bíodh a fhios agat,' a chuir sí leis, 'má bhíonn aon mhionghadaíocht ann nó má dhéanann mo chuid custaiméirí gearán ar bith.'

D'osclaíodh an siopa ag leath i ndiaidh a hocht ach ní bhínnse ag teastáil go dtí a deich. Bhíodh orm na doirtil a choinneáil glan, urláir a scuabadh, deochanna a dhéanamh do na custaiméirí, tuáillí a athrú, teachtaireachtaí a dhéanamh do Menna agus dá cúntóir, Gayle, agus fanacht istigh tar éis am dúnta le slacht a chur ar an áit. B'in é an chéad runga ar an dréimire dom le bheith i mo ghruagaire. Bhí mé ag foghlaim go leor freisin ó bheith ag breathnú ar Menna agus ar Gayle ag bearradh agus ag stíliú na gruaige.

Ag deireadh na míosa, dúirt Menna go bhféadfainn fanacht ag obair agus chuir sí ceist orm ar mhaith liom teacht tráthnónta Aoine freisin. 'Díreach ar feadh uair an chloig amháin, dála an scéil,' a dúirt sí. 'Bhí costais Colin an-ard an mhí seo.'

Bhí Colin Vaughan ar chomhaois liomsa, ach ní dheachaigh sé chuig an scoil chéanna liom. Gach maidin thugadh tacsaí chuig Meánscoil Madame Patti é, scoil a bhí cúig mhíle taobh amuigh den bhaile ar thailte dá cuid féin. Thugadh an tacsaí ar ais arís é tráthnóna. D'fhreastail sé ar an scoil úd ar chúiseanna sláinte.

'Tá ailléirgí ar Colin,' arsa Menna. 'Rinneadh tástálacha air le haghaidh dusta tí, dusta cailce, pailin, is fionnaidh chait. Bhí siad ar fad dearfach. Tá ailléirge air do gach rud. Cuireann rudaí áirithe ag sraothartach é agus rudaí eile ag casachtach. Sa Mheánscoil cuirtear isteach i gcúinne beag deas é agus fágtar ansin é is cead aige bheith ag sraothartach is ag casachtach leis go piachánach nó go dtograíonn sé stopadh.'

Ba nós le Colin teacht isteach sa siopa go réasúnta rialta, é ag caitheamh a bhléasair scoile de dhath marún agus óir le suaitheantas airgid. A shrón san aer bíodh sé ag rith nó ná bíodh. Shiúileadh sé tharam agus ligeadh air féin nach gcloisfeadh sé mé ag rá, 'Heileo, a Cholin.'

'Ná tabhair aon aird air,' a deireadh Menna. 'Ceapann sé gur duine de na suasóga atá ann, ceapann sin. Bhuel, dúirt mé leis, má ardaítear na táillí sin arís, gurb í an Scoil Chuimsitheach an freagra, plúchadh nó gan phlúchadh. Scaití ceapaim gurb é a leas a bheadh ann, ceapaim sin.'

Ní thagadh Colin isteach sa siopa ach do rud amháin. Bhíodh sé ag súil leis go bhfágfadh Menna ina diaidh cibé céard a bheadh idir lámha aici le freastal air. D'fhéadfadh sí a bheith ag cíoradh datha trí ghruaig Mrs Thomas nó ag rolladh buantonnta. Ní dhearna sé sin aon difríocht do Colin.

'Céard é féin anois, Col?'

'Teastaíonn deich bpunt uaim.'

'Teastaíonn agus uaimse freisin, ach nílim á fháil. Imigh leat agus déan d'obair bhaile. Agus éirigh as a bheith ag smugaíl.'

Ar deireadh thiar thall, áfach, théadh sí chuig an scipéad agus thugadh dó a chuid airgid. Dúirt sí liom mura dtabharfadh sí dó é go gcuirfeadh sé glaoch ar a athair.

'Teastaíonn uaidh a bheith in éineacht lena athair,' a deireadh sí. 'Deir sé nach mbíonn aon phlúchadh air i dteach a athar.'

Tar éis dom sé mhí a bheith caite agam le Menna buaileadh Gayle síos leis an bhfliú, rud a d'fhág brú mór oibre ar Menna ionas gur thug sí cead domsa gruaig na gcliant a ní. Bhí mé ar mhuin na muice. Dúirt mé liom féin go raibh toradh ar mo chuid oibre go dtí seo agus go raibh mé ar an dara runga den dréimire anois. Ba ghearr go mbeinn ag bearradh agus ag stíliú, nach mbeinn.

Bhuel, ní mise Luaithríona agus níorbh í Menna an tSíog Mhaith ach oiread. Chomh luath agus a d'fhill Gayle bhí an scuab urláir ar ais i mo lámhasa arís agus mé ag glanadh liom. Bhí an chuma air nach ligfí i ngar don seampú mé go deo arís. Bí ag caint ar ísle brí.

Gach uair a níodh Gayle gruaig dhuine éigin mhothaínn tinn agus éadmhar.

Ní raibh mé chomh cúramach céanna faoin nglantachán ina dhiaidh sin. Bhí ar Menna liobar den teanga a thabhairt dom faoi ribí gruaige a bheith fágtha sa doirteal agus faoi gan mé a bheith mórtasach as mo chuid oibre. Tá mé ag ceapadh go dtabharfadh sí bata agus bóthar dom, nó go siúlfainn féin amach as an áit, murach Colin.

Bhí Colin tar éis imeacht go hAlbain lena Dheaid ar saoire. Imithe ar feadh trí seachtaine, cheap muid. Ach tháinig sé ar ais tar éis trí lá gan aon mhíniú a thabhairt ar an scéal. Dá ndéarfadh custaiméir le Menna, 'Tá Colin s'agaibhse tagtha abhaile luath, an bhfuil aon rud mícheart?' ní dhéanadh sí ach an scéal a athrú trína gcuid gruaige a tharraingt nó a gcraiceann a phriocadh leis an siosúr. Ach ba mhór an crá croí é Colin. Thagadh sé isteach sa siopa agus bhíodh sé ag cur strainceanna air féin leis na custaiméirí nó chasadh air na fuiséid ar fad agus ritheadh sé amach ansin de léim. Lá amháin sciob sé mála láimhe Gayle ó chúl an chabhantair agus rith suas an staighre leis. Lean Menna agus Gayle é.

Leag Colin roinnt racaí den seastán taispeántais ar a bhealach amach. Phioc mise suas iad agus bhí mé ar tí iad a chur ar ais nuair a thug mé faoi deara go raibh gach duine a bhí istigh ag féachaint suas an staighre go bhfeicfeadh cén deireadh a bheadh ag eachtra an mhála láimhe. Shac mé péire de na racaí síos i mo phóca.

Ina dhiaidh sin níor fhan mé go dtitfeadh rudaí ar an urlár. Chuidigh mé leo titim. Racaí, pionsúiríní, eangacha gruaige, siosúir ingne. Rud ar bith a bhféadfainn lámh a leagan air. Thóg mé liom rudaí nach raibh gá ar bith agam leo. Thóg mé iad ar dtús mar dhíoltas ar Menna faoi gan mo chuid tallann a thabhairt faoi deara, ach ansin bhain mé cic as a bheith in ann gadaíocht a dhéanamh i ngan fhios. Le gach gníomh gadaíochta bhí mé ag éirí níos tugtha do choireanna. Cineál de dhruga a bhíodh sna mionchoireanna seo dom. Bhí an chiontacht a bhain leis ag luí go trom orm.

Bhí Colin ag éirí níos measa. Bhí sé de nós aige a bheith ag rásáil thart ar na triomadóirí ar nós gealt mire, á gcasadh air agus as, ag plabadh doirse agus ag tarraingt pictiúir mhímhúinte as irisí. Geábh amháin, nuair a dhiúltaigh Menna airgead a thabhairt dó mar go raibh sé ag díbirt na gcustaiméirí dhoirt sé buidéal mór de *conditioner* bándearg amach sa doirteal.

Ar dtús bhíodh Menna ag iarraidh a bheith ag déanamh leithscéalta dó. 'Baineadh drochgheit as,' a mhínigh sí. 'Bhí sé ag tnúth go mór leis an tsaoire sin lena Dheaid. Ach ní raibh an Alison úd in ann cur suas lena chuid smugaíola. Dúirt sí lena athair go gcaithfeadh Colin imeacht nó go ngreadfadh sí féin léi chuig áit éigin eile. Thug a Dheaid nóta fiche punt dó agus sheol abhaile é. An créatúr bocht. A bheith ag taisteal ar ais an bealach ar fad leis féin is a fhios aige nach raibh a Dheaid á iarraidh. Déan iarracht a bheith go deas leis, a stór.'

Agus bhí mé go deas leis. Bhí mé buíoch de Colin. Bhí gach duine chomh gnóthach ag coinneáil súile air, sa tslí nár bhac aon duine le súil a choinneáil ormsa, nó ar bhac?

An Aoine a bhí ann agus thit an spéir ar an talamh. Bhí Menna ag fanacht liom nuair a tháinig mé chuig an obair agus giúmar maith orm.

'A Rhian, ná bac le do chóta oibre a chur ort féin. Ní bheidh tú ag fanacht.'

'Céard a tharla, a Menna?'

'Tá mé ag ceapadh go bhfuil a fhios agat go maith céard a tharla,' a dúirt sí, chomh séimh lena bhfaca tú riamh. Mhothaigh mé luisne ag teacht i mo ghruanna. 'Tar ar ais anseo amárach ag am dúnta agus labhróidh muid faoi ansin. Bí cinnte go dtagann tú nó tabharfaidh mé cuairt ar do theach chun an scéal a phlé le do Mham.'

Chaith mé an tráthnóna úd ag máirseáil suas agus anuas an tSráid Ard, ionas nach gcuirfeadh mo Mham ceist orm céard a bhí á dhéanamh agam sa bhaile chomh luath sin. Agus imní orm an t-am ar fad an mbeadh na póilíní ansin nuair a rachainn ar ais an chéad mhaidin eile.

Nuair a chuaigh mé abhaile ar deireadh thiar thall ba le dul chun mo sheomra leapa é ionas go bhféadfainn mo bhosca creiche a bhí faoin leaba agam a tharraingt amach le go bhfeicfinn a raibh agam ann. Níor thuig mé go dtí sin go raibh an oiread tógtha agam agus a bhí. Níor bhraith mé go dtí sin go raibh an oiread sin de stuif Menna tagtha abhaile liom. Ar éigean má chodail mé néal ar feadh na hoíche, mé buartha faoi na póilíní.

Bhí Menna réchúiseach agus í mar a bheadh a hintinn i bhfad ó bhaile nuair a shroich mé an siopa. Bhí a custaiméir deireanach, Miss Weaver, ag imeacht.

'Bhí mé ag iarraidh déanamh amach cá raibh tú, a Rhian,' a dúirt sí. 'An raibh tú tinn? Níl cuma rómhaith ort.'

Chuir Menna i mo shuí mé, faoi cheann de na triomadóirí. Bhraith mé gach nóiméad go mbeadh slabhraí iarainn á bhfáscadh timpeall mo rostaí.

'Raight, a chailín,' arsa sí. 'Is beag an mhaith duit a bheith ag ligean ort féin liomsa go bhfuil tú neamhchiontach. Tá a fhios ag an mbeirt againn gur tusa a rinne é. Is éard a theastaíonn uaim a fháil amach ná cén fáth?'

Chrom mé mo cheann fúm go céasta agus ní dúirt tada.

'Bhuel, ar a laghad tá sé de mheas agat ort féin náire a bheith ort,' a dúirt sí. 'Chlis tú go dona ormsa agus ar do mháthair, nár chlis? Agus nach bhfuil a dóthain ar a pláta mar atá, mar gheall ar d'athair?'

Thosaigh mé ag caoineadh.

'Is beag an chabhair é sin,' arsa Menna. 'Ba chóir duit smaoineamh air sin roimhe seo.' Ach bhraith mé go raibh a guth ag éirí níos boige.

'Bhí mé as bealach,' a chuala mé mé féin a rá. 'Ná hinis tada do na póilíní, más é do thoil é.'

'Póilíní,' arsa Menna. 'Ní raibh mé ag smaoineamh ar na póilíní. Tar éis an tsaoil braithim go bhfuil cuid den mhilleán ormsa gur fhág mé carn airgid ina luí i dtarraiceán oscailte.'

'Airgead!' arsa mise de scread, ag féachaint uirthi den chéad uair. 'Cén t-airgead?'

'An caoga punt,' arsa Menna. 'Ina nótaí chúig phunt agus in airgead geal.'

'Cén caoga punt?' Bhí iontas orm chomh tapa agus a thriomaigh mo chuid deor. Léim mé i mo sheasamh agus shiúil anonn agus anall sa siopa, dearmad déanta agam ar na racaí agus ar na pionsúiríní. 'Cén chaoi a bhféadfá?' a d'fhiafraigh mé, ag iompú uirthi. 'Cén chaoi a bhféadfá a cheapadh gur thóg mé airgead?' Bhí mé ag screadach i mbarr mo chinn is mo ghutha.

Baineadh siar as Menna. 'Ciúnaigh síos, a chailín,' a dúirt sí. 'Is beag an mhaith a rinne sé d'aon duine riamh dul ag rámhaille agus ag radaireacht. Casfaidh mé air an citeal. Ansin rachaimid go bun an scéil seo go socair ciallmhar.'

Thuig Menna cén chaoi le déileáil le daoine histéireacha ón taithí a bhí aici ag plé le Colin.

'Anois', a dúirt sí, nuair a chuir sí ina suí síos mé is muigín tae i mo lámh agam, 'cén fáth a ndúirt tú go raibh brón ort agus go raibh faitíos ort go dtarraingeoinn na póiliní isteach sa scéal nuair atá tú ag déanamh do dhíchill anois le cur ina luí orm go bhfuil tú neamhchiontach?'

'Níor thóg mé do chuid airgid riamh,' a dúirt mé. 'Fiú tar éis nár lig tú dom a bheith i mo ghruagaire, níor thóg mé aon airgead.'

'Céard a thóg tú, mar sin?' Tá Menna géar. Is deacair an dubh a chur ina bhán uirthi.

'Ráca gorm ón seastán taispeántais,' a dúirt mé. Bhí mé ar tí a rá gur thóg mé ceann buí freisin, cúpla ceann beag corcra agus trí cinn *tortoiseshell* i gcásanna leathair, ach níor thug sí an seans dom.

'Racaí?' a dúirt sí. 'B'in an méid? Mar sin, cé . . . ?'

Ansin ba é uain Menna é an cloigeann a chailleadh.

40

Níor theastaigh uaim cur i gcuimhne di an méid a dúirt sí faoi rámhaille is faoi radaireacht. Thóg sí abhóga móra anonn chuig an staighre agus lig scread, 'Colin, tar anuas anseo láithreach. Anois díreach, a deirim!'

D'iompaigh sí i mo threosa ansin agus meangadh uirthi. 'Is gnó don teaghlach é seo,' a dúirt sí. 'Téigh abhaile tusa, a Rhian. Feicfidh mé Dé hAoine tú.' Agus rug sí barróg orm.

Maidin Dé hAoine, agus mé ar scoil, chuala mé duine éigin ag glaoch orm. Colin a bhí ann. Bhí sé ag caitheamh léine allais dhúghorm na scoile, m'fhearacht féin. Caithfidh sé gur ceann dara láimhe a bhí ann mar bhí an suaitheantas smolchaite.

'Céard atá ar siúl agat anseo, a Cholin?'

'Thosaigh mé anseo Dé Luain,' a dúirt sé. 'Tá sé iontach anseo, nach bhfuil? An bhfaca tú an seomra ríomhaireachta? Táim ag foghlaim foilsitheoireachta deisce.'

Bhí cuma dhifriúil air. 'Do phlúchadh?' a deirimse. 'Níl tú ag smugaíl.'

'Bhí ailléirge orm do scoil Madame Patti,' a dúirt sé, ag gáire.

'Ba mhaith liom focal a bheith agam leat,' arsa Menna, go han-chairdiúil an tráthnóna sin. 'Cén fáth nach ndúirt tú liom gur theastaigh uait a bheith i do ghruagaire?'

'Cheap mé go raibh a fhios agat,' arsa mise. 'Sin an chúis ar thóg mé an jab.'

'Cén chaoi a raibh mise in ainm is fios a bheith agam faoi sin?' a dúirt sí. 'Cheap mise nach raibh uait ach airgead póca.'

Gach Aoine anois tar éis am scoile deifrím liom chuig siopa Menna, tarraingím mo chlóca oibre orm os cionn m'éide scoile agus tosaím ag ní ghruaig na gcustaiméirí. Táim go maith chuige. Ní dhearna aon duine de mo chuid custaiméirí gearán faoi ghallúnach a bheith ag dul isteach ina súile ná faoin uisce a bheith róthe. Agus ar an Satharn, nuair a bhíonn an brú mór thart bíonn Menna ag múineadh níos mó dom faoi bhearradh agus faoi stíliú gruaige. Tá an-traenáil á fáil agam.

Maidir leis na racaí agus na nithe úd a d'ardaigh mé liom ó sheastán taispeántais Menna . . . bhuel, ní fhéadfainn iad a chur amú, an bhféadfainn? Thug mé iad ar fad do mo chairde le haghaidh na Nollag.

An Scáthán

Catherine Fisher

Bhí an scáthán ard, beagnach chomh hard leis féin. Bhí sé ubhchruthach, go leor ornáideachais ar an bhfráma, timpeallaithe le duilleoga, le ceiribíní beaga, le scrollaí agus le bláthanna. Shín Daniel amach a lámh gur theagmhaigh leis an ngloine go smaointeach; bhí cuma smúitiúil uirthi. Scríob sé é lena ingne ach ní raibh aon salachar air. Rud éigin a bhí sa dath airgid, nó a bhain le haois, chaithfeadh sé. Ar nós gach rud eile sa teach, bhí sé sean.

D'fhéach sé air féin agus chuir sé strainc air féin. Bhí an ball gorm a bhí ar a aghaidh buí le himill chorcra. Bhí cuma ata air, agus bhí sé pianmhar méar a leagan air. Shac sé amach a ghiall go cúramach go leataobh cúpla babhta, agus gach babhta acu mhothaigh sé pian, an phian sin a raibh sé cleachtaithe léi ag teacht is ag imeacht.

Tháinig a mháthair amach as an seomra bia ar a chúl, í ag tarraingt an fholúsghlantóra ina diaidh.

'Anois, nach mór é do mheas ort féin?'

Chuir sé guaillí air féin sa scáthán.

'Gan mórán ann le meas a bheith agam air.'

'An-cheart. Caithfidh sé gur cluiche iontach a bhí ann.'

'Is dócha é.'

Bhí sí ina tost ar feadh nóiméid, ag féachaint; ansin bhrúigh sí an folúsghlantóir isteach sa seomra ar a dtugadh Mrs Paulson fós an parlús. Tar éis soicind phléasc an bhúir shlóchtach amach as an meaisín mar ba ghnáth.

Chuir sé a mhéar ar an mball gorm. Ní rugbaí ba chúis leis. Seans gur thomhais sí é sin. Michael Fairfax ba chúis leis.

Cairde a bhí iontu tráth. Shuigh siad taobh le chéile sa rang. Bhí rudaí difriúil an uair sin. Bhí athrú tagtha ar Michael. Bhí sé fós bríomhar is lán de chraic; bhí sé déistineach cé chomh *cool* agus a d'fhéadfadh sé a bheith agus fearacht gach lá riamh ní fhéadfá a bheith cinnte céard a dhéanfadh sé. Ach na laethanta seo bhí a chuid jócanna ag . . . bhuel, ag dul beagán rófhada. Nuair a thóg sé eochracha Mrs Lewis, mar shampla. D'ardaigh sé amach as a mála láimhe ar an deasc iad, fad a bhí sé taobh thiar di. Níor thug formhór an ranga faoi deara é, ach thug Daniel, agus ní dhearna Michael ach an tsúil a chaochadh air. Ba bheag nár bhagairt a bhí ann. Bhí uair ann agus bheadh Daniel ríméadach, scanraithe, agus b'fhéidir croitheadh bainte as go rúnda, ach anois níor mhothaigh sé ach drochbhlas, rud a chuir iontas air féin.

Féachann sé ar a aghaidh chaol. 'Tá tú ag éirí sean, a ghasúir,' a mhungail sé.

Ansin, thug sé rud beag éigin faoi deara go domhain sa scáthán. Cruth neamhiomlán a bhí ann agus cheapfá go raibh an smúit tar éis cruinniú ann. Ba dheacair a rá cé leis ba chosúil é, ós rud é gur cheap sé go bhfaca sé é ag athrú nuair a thriail sé fócasú air. Ar feadh nóiméid chaith sé súil siar ar a chúl ach deoraí ní raibh i bpasáiste clapsholasach an halla. D'iompaigh sé ar ais, ag teannadh níos gaire don scáthán nó go raibh a shúile an-ghar don ghloine.

Ghluais an cruth beag go domhain sa scáthán; ní raibh aon amhras air faoi sin.

Ar maidin dhúisigh sé go moch, é míshuaimhneach. Bhraith sé mar a bheadh a sheomra lán de sholas agus de cheol na n-éan, fiú agus na cuirtíní tarraingthe; tharraing sé de leataobh iad, chuaigh ar a ghlúine ar an leaba agus d'fhéach amach. B'in an gairdín ag glioscarnach le sioc a bhí ag leá. Bhí dornáin de lusanna an chromchinn ag lonrú faoi na crainn, agus grian gheal ag scalladh trí na géaga dubha. D'éirigh sé go tapa, ag tarraingt air a éide scoile, ag éisteacht le bíoga na scórtha gealbhan, ceiliúr na ndruideanna sa simléar, spideog éigin ag olagón i bhfad i gcéin.

Ag teacht amach as a sheomra, bhí ciúnas ann sa chuid eile den teach. Bhí doras sheomra a mháthar dúnta. Ní bhuailfeadh a clog go dtí a seacht agus ní raibh sé an t-am sin baileach fós. Chodail Mrs Paulson sa phríomhsheomra leapa thíos fúthu, seomra mór millteach ina raibh leaba ollmhór, le ceithre phosta dhorcha, a ndeireadh a mháthair ina taobh gurb é díol an diabhail é í a ghlanadh, leis na cuirtíní úd go léir.

Chuaigh sé síos an staighre, ag crónán, a lámh ar an

ráille mín adhmaid. Inniu sheachnódh sé Michael.
Níorbh aon mhaith a bheith ag caint leis. Agus dá
mbeadh aon trioblóid ann faoi na heochracha úd níor
theastaigh uaidh baint ná páirt a bheith aige leis. Léim
sé síos pasáiste an halla agus i dtreo dhoras na cistine.
Ansin d'fhill sé agus meascán mearaí air.

Bhí an cruth sa scáthán tar éis méadú. Bhí sé cinnte
de, fiú sa chlapsholas. Anois bhí sé chomh mór lena
dhorn agus bhí sé in ann feiceáil céard a bhí ann, is é
go taibhsiúil in aice a éadain.

Éan.

Bhí sé geal, ar mheá chothrom san aer, a sciatháin
scartha, amhail is dá mbeadh reoite i lár eitilte. Is bhí
sé ansin, sa scáthán, taobh istigh den ghloine. D'fhéach
sé siar ar a chúl arís; ní raibh tada ansin – agus ar aon
chaoi, cén chaoi a bhféadfadh éan fanacht ar foluain
ansin, i lár an aeir gan chorraí? Theagmhaigh sé leis an
dromchla mín agus é trína chéile, agus tháinig
íomhánna diúltacha ina cheann.

Ach bhain an scáthán leis an ré Victeoiriach ar a
laghad, nó b'fhéidir le ré níos sine ná sin.

Bhí sé fós ag breathnú air nuair a bhuail cloigín a
mháthar, síon bheag bhídeach thuas i mbarr an tí.

Ach mhair an míshuaimhneas, i rith a lae scoile ar
fad. Sa rang Ceimice níor thug sé aird dá laghad ar
rúndiamhair an tábla Pheiriadaigh, é ag stánadh amach
ar an gcoill ar an gcnoc. Bhí an spéir beagnach
róghorm, agus fiú amháin ón áit seo bhí sé in ann éin
a chloisteáil i bhfad i gcéin, a gceol ag teacht isteach tríd
an bhfuinneog oscailte. Bhí sé in ann aer an earraigh a
bholú agus blas den tsaoirse a bhlalu leis.

'Thar na cnoic,' a dúirt sé faoina fhiacla go fíochmhar. 'Agus i bhfad ó bhaile.'

'Daniel?' Chuir an Dr Ross an obair bhaile síos ar an deasc.

Mhothaigh sé amaideach.

'Tá brón orm. Tada.'

'Ní drochphíosa oibre é. D'fhéadfá déanamh níos fearr ná sin, áfach.'

B a bhí ann. D'fhéach sé síos tríd an obair go fánach. Dhéanadh sé féin agus Michael an Cheimic le chéile i gcónaí, theastaíodh an chabhair uaidh. Bhí gach rud éasca do Michael. Ró-éasca. Bhí an rang cruinnithe timpeall air ag babhtáil marcanna, ag déanamh comparáidí go glórach. Chuir sé déistin air. Chuir cúpla duine ceist air céard a fuair sé; chuir sé guaillí air féin agus dúirt 'B' agus shac na páipéir isteach ina chomhad. Taobh amuigh bhí slua de dhaltaí ag gabháil trasna chlós na scoile; rang Michael anois, an rang nár chóir dó a bheith ann riamh. B'in é ansin é, leis féin ag deireadh na líne, a chuid gruaige ag lonrú sa ghrian. Ar feadh nóiméid bhí an chuma air a bhíodh air i gcónaí. Ansin d'fhéach sé suas, chonaic Daniel, is straois air. Ag síneadh a mhéire in airde, amhail is dá mbeadh gunna ann, tharraing sé an truicear samhailteach.

Ar an mbus ba dheacair é a sheachaint. Bhí an geaing leis, agus stán Daniel go duairc trí na fuinneoga dúra ar na crainn agus ar na páirceanna donna bánaithe ar scinn siad tharstu. Leath-fholamh mar ba ghnáth, ghluais an bus faoi phúir de dheatach toitíní, gorm agus borb.

'Múchaigí iad sin,' a scread an tiománaí go géar faoi mar a bheadh maith dó ann.

Bhí cailíní ag sciotaíl ar chúl. Chuala sé guth Michael ón suíochán taobh thiar de.

'Tá na heochracha sin agam i gcónaí, Dan.'

Stán Daniel amach ar an taobh tíre, agus é ina thost.

'Meastú céard ba cheart dom a dhéanamh leo?'

'Tá a fhios agat céard, ceapaim.'

'Tá brón orm?' Bhí an guth múinte, ach ar bhealach magúil. 'Níor chuala mé i gceart é sin.'

Chas Daniel timpeall agus é ar mire. Bhí Michael ina shuí ar an suíochán cúil, a chosa sínte, an fhéachaint fholamh chrua úd a mbíodh an ghráin ag Daniel uirthi ar a aghaidh.

'Dúirt mé go raibh a fhios agat céard a cheapaim! Ba chóir duit iad a thabhairt ar ais. Fág ar a deasc iad.'

Shín Michael é féin siar, é fós ag breathnú air. Chuir sé a chosa in airde agus thrasnaigh iad ag a rúitíní.

'Nach bhfoghlaimíonn tú?'

Dhírigh Daniel suas.

'Nach bhfoghlaimíonn tusa?' a dúirt sé, ag siosarnach go feargach.

'Is ortsa atá na marcanna.'

'Mar ní féidir do chuidse a fheiceáil! Ná bí i d'amadán. Céard is féidir leat a dhéanamh leis na heochracha seafóideacha sin?'

Thug Michael sracfhéachaint thar a ghualainn ar nós cuma liom.

'D'fhéadfainn iad a úsáid.'

Bhí ciúnas ann sa bhus. Thosaigh Marcus Jones agus Hughes, an boc beag glic, ag streachailt thar na suíocháin.

'Cén chaoi, iad a úsáid?' a dúirt Marcus trína chuid fiacla, go santach beagnach.

'Mar a dúirt mé,' arsa Michael agus a shúile dírithe ar Daniel aige, 'iad a úsáid. Dul isteach sa teach. Breathnú thart.'

D'éirigh Daniel fuar.

'Beidh na glais athraithe aici,' a dúirt sé.

'Ní bheidh. Tá sí ag baint úsáide as na heochracha breise a bhí aici. "Sílim go bhfuil siad sa bhaile," a chuala mé í ag rá le Davies sa Seomra Tionóil.' Bhí a ghuth éadrom, a mheangadh dothuigthe.

'Ní fhéadfá!' Baineadh croitheadh as an mbus; rug Daniel ar an mbarra cruach a bhí trasna na fuinneoige.

'Céard is fiú é?'

Chuir Michael straois air féin.

'Is ea. Go díreach.'

Cheil Daniel an gheit a bhí bainte as. Ní fhéadfadh sé ach rudaí a dhéanamh níos measa da dtabharfaí an gheit chéanna faoi deara. Thaitin sé le Michael geit a bhaint as daoine. D'oscail sé suas é ar nós nóinín a osclaíonn suas faoi sholas na gréine. Ina áit sin thriail sé a bheith fuar.

'Níor mheas mé riamh gur gadaí a bhí ionat.'

Thosaigh an geaing ag sciotaíl.

Tháinig meangadh ar Michael.

'B'fhéidir nach raibh mórán aithne agat orm riamh.'

'Cheap mé go raibh. Uair amháin.' Stán siad ar a chéile go fuar ar feadh nóiméid. Ansin chas Daniel timpeall.

Bhí an t-éan tar éis fás. D'fhéach sé air chomh luath agus a tháinig isteach, agus chomh luath agus a bhí a chóta agus a mhála caite uaidh aige d'fhill sé air agus stán arís air. Bhí sé níos gaire. Níos gaire ná mar a bhí ar maidin. Bhí na sciatháin tar éis corraí, iad spréite amach go cothrom anois, iad ag líonadh leithead an scátháin ar fad, nach mór. Ó thaobh amháin, b'fhéidir, nach mbeadh ann ach fannléas, an solas ag imirt cleasanna, ach trí sheasamh os a chomhair bhí sé in ann é a fheiceáil go soiléir, cleití bána an éin, a shúile dorcha agus a ghob oscailte.

Bhí sé ag teacht ina threo.

Chúlaigh sé siar coiscéim, isteach i bpaiste gréine a tháinig ón bhfeanléas.

Dodhéanta.

'Daniel?' Phreab a chroí mar gheall ar an nglaoch tobann. D'iompaigh sé thart ansin agus chuaigh isteach sa seomra suite.

Bhí Mrs Paulson tar éis a cathaoir rothaí a bhrú anonn chuig an bhfuinneog; bhí sí ina suí anois agus a lámha beaga ina luí ar an bhfráma taipéise, an tsnáthaid sáite isteach i gceann de na cúinní.

'Cheap mé gur tusa a bhí ann. Ar mhiste leat an fhuinneog a oscailt? Beagáinín. Ba mhaith liom na héin a chloisteáil.'

Chuaigh sé trasna agus d'ardaigh suas orlach é agus d'ardaigh an leoithne ghaoithe na bláthanna síoda feoite a bhí ar an mbord.

'Níor mhiste duit cinn nua a fháil,' a dúirt sé, ag féachaint orthu.

'Bheadh lus an chrom chinn ón ngairdín go deas.' Tharraing sí a hanáil isteach go sásta.

'Bolaigh de sin. Sin é an t-earrach, a Daniel. Glac uaimse é.'

Sméid sé a cheann, ag féachaint síos uirthi. Bhí Mrs

Paulson ceithre scór, ach ní cheapfá sin. Bhí a cuid gruaige dorcha fós, cé nach raibh a fhios aige gurb amhlaidh a bhí sí daite aici. Chaith sí gúna gorm agus cairdigean a bhí dúnta sa mhuineál le *cameo* daor agus shuigh sí suas díreach. Ní raibh sí in ann siúl ach bhí sí cumasach ag imirt cluichí. Mhúin sí ficheall dó agus táiplis mhór agus suas le dosaen cluichí Victeoiriacha eile a bhí ligthe i ndearmad faoi seo. Anois dúirt sé,

'Mrs P. An scáthán úd sa halla . . . ?

'Mmmm?'

'An bhfuil sé an-sean?'

'Sean?' Tháinig meangadh ar a béal, meangadh rógaire. 'Bronntanas bainise a bhí ann. Fágann sé sin go bhfuil sé leathchéad bliain ar a laghad. Cén fáth a dteastaíonn an t-eolas sin uait, in ainm Dé?'

Chuir sé guaillí air féin.

'Ar thug tú faoi deara . . . aon rud aisteach faoi riamh?'

'Aisteach?'

'Go bhfuil cineál . . . rudaí istigh ann. Rudaí nach bhfuil ann.'

Chas Mrs Paulson timpeall agus d'fhéach air.

'Brúigh amach chuige mé, a Daniel. Anois díreach,' a dúirt sí.

Rinne sé rud uirthi, ag déanamh cinnte gur sheachain sé fráma an dorais, agus nuair a bhí siad stoptha os comhair an scátháin tháinig a mháthair isteach an doras tosaigh agus sheas sí ansin ina bhfochair.

'Cén fáth a bhfuil muid ar fad ag breathnú orainn féin?'

'Tá muid ag breathnú ar an scáthán,' a dúirt Daniel trína chuid fiacla, é ag mothú amaideach agus chroith Mrs Paulson a ceann.

'Níl mise in ann tada a fheiceáil.'

'Níl, ná mise. Níl anois.'

Stán a aghaidh féin air. Chuir sé strainc air féin: bhí an rud seo ar fad ag cur isteach air.

Faoi am codlata bhí an t-éan ar ais. Bhí sé ollmhór anois, ag líonadh an scátháin, a chloigeann brúite go leataobh i gcoinne na gloine amhail is dá mbeadh sé i sáinn, na súile beaga dubha ar leathadh. Bhí sé ar crochadh ansin go reoite agus ní raibh ar a chumas tada a fheiceáil ach an t-éan gafa, a chleití clúmhacha brúite go cothrom, gach frídín soiléir.

'Bhí sé ag iarraidh éalú.'

D'fhair sé ar a scáil dhorcha féin ina scáth os a chionn agus chuaigh griog faitís trína chnámh dhroma, ionas gur fhág sé ina dhiaidh é agus rith sé suas an staighre le héalú uaidh. Ina phitseámaí shuigh sé ar an leaba, ag machnamh. Níor thug aon duine eile faoi deara. Níorbh ionann sin is a rá nárbh ann dó. Íomhá a bhí ann. Rud éigin a tharla i bhfad ó shin. Bhí an scáthán tar éis é a chaomhnú, ar nós scannáin mhoillithe.

Luigh sé ar a leaba ar feadh uair an chloig ag stánadh ar an mballa agus gan é in ann titim ina chodladh. Chuala sé a mháthair ag teacht go ciúin agus doras a seomra ag dúnadh. Múchadh an solas. Dhún an dorchadas timpeall air.

Bhí an seanteach ag díoscán agus ag bogadh. Taobh amuigh bhí báisteach éadrom ag bualadh ar na fuinneoga. Luigh sé go socair, faoi theannas amhail is dá mbeadh gach néaróg dá chuid faoi straidhn ag fanacht le rud éigin. Gan a fhios aige cé leis a raibh sé ag fanacht nó gur chuala sé é.

Cleitearnach.

Bhí sé bog agus briosc, é i bhfad faoi. Cleiteacha righne ag flípeáil go bog gránna. Chuala sé gob agus crága ag crúcáil agus ag tapáil agus chuala sé tuargaint chlúmhach na sciathán.

Chuir sé suas leis ar feadh deich nóiméad.

Nuair a shuigh sé aniar sa leaba bhí sé ag cur allais agus é fuar san am céanna. Tharraing sé air a fhallaing sheomra agus amach leis go ciúin ar bharr an staighre agus é cosnochta. Thuas anseo bhí an cairpéad sean, é chomh caite sin go raibh poill ann. Chuaigh sé síos an staighre caol go ciúin go dtí léibheann leathan a bhí ar an gcéad urlár, áit ina raibh an troscán dorcha agus áit ina raibh portráidí doiléire de mhuintir Mrs Paulson ag breathnú anuas air go dímheasúil.

Bhí an scáthán ag an mbun. Bhí sé in ann é a fheiceáil as seo i scáileanna an halla, imeall amháin dá fhráma ag scaladh ó sholas na sráide.

Bhí an halla fada agus dorcha. Bhí rud éigin ag preabadh agus ag cleitearnach thíos ansin.

Chuaigh sé síos an staighre céim ar chéim. Stop sé ar an gcéim íochtarach, bhí an ráille práis fuar i gcoinne chúl a shál, an cairpéad bog, te agus tiubh. Tháinig sé thart timpeall ansin nó go raibh os comhair an scátháin.

Bhí an t-éan ag gluaiseacht.

Bhí sé in an-chaoi ag cleitearnach i gcoinne na gloine.

Bhí an scríobadh a rinne a chrága beaga ard agus crua. Bhí sé chomh gar dó anois nach raibh sé in ann é a fheiceáil ar chor ar bith. Bhí imill a sciathán taobh amuigh den fhráma. Bhí sé ag bualadh agus ag greadadh a sciathán, é i bponc is gan mheabhair.

Chuir sé suas a lámh ach bhí an ghloine mín agus crua. Bhí an fráma an-teann. Shíl sé a ingne a bhrú isteach, agus ansin rug sé ar na taobhanna go fústrach. Mharódh an t-éan é féin. B'fhéidir go raibh sé tar éis é féin a mharú.

Sheas sé siar.

'Coinnigh ort,' a dúirt sé de chogar teann íseal. 'Coinnigh ort! Tar amach! Tá tú in ann é a dhéanamh. Tar amach.' Lean an t-éan air ag cleitearnach, bhuail a eiteoga ina threo, agus mhéadaigh. Líon a bhrollach mór leithead an scátháin. Ar feadh soicind chonaic sé gach cleite agus gach frídín méadaithe go mór agus i ngar dó agus é ag streachailt agus ag troid, ag iarraidh é féin a shaoradh.

Láithreach, bhí sé imithe.

Bhí an scáthán folamh.

Stán Daniel ar a éadan doiléir féin. Ar feadh nóiméid bhí sé ina thost agus ansin mhothaigh sé rud éigin ag bogadh in áit éigin istigh ina chorp. Rud éigin a bhí ag cleitearnach agus ag bualadh agus a bhí ag greadadh. Le cnead chuir sé a dhá lámh suas lena bhrollach sa dorchadas. Bhí drithlíní beaga den mhíshocracht ag brúchtadh aníos ann, a bhuillí croí ag preabadh go teasaí.

Agus é ina staic ag an ngeit sheas sé ag breathnú air féin, na scáileanna dorcha a bhí ina shúile.

Bhí an t-éan amuigh.

Bhí an t-éan istigh ann féin.

Chodail sé de bharr a shíorthuirse ach mhothaigh sé aisteach nuair a dhúisigh sé; é éadrom, míshocair agus lán d'fhuinneamh. Rinne sé gluaiseacht thobann phreabach, amhail is dá mbeadh an comhoibriú a bhí ina chorp imithe. Ag an mbricfeasta chuir sé babhla gráin ag eitilt lena uillinn agus chuir an briseadh a rinne sé a chroí ag preabadh agus ag cleitearnach.

'Cén diabhal atá istigh ionatsa?' a shnap a mháthair.

Stán sé uirthi.

'Tusa. Tá tú iontach neirbhíseach.'

D'fhéach sé thart go míshocair.

'Tada. Ní raibh ann ach brionglóid. Ar a laghad d'fhéadfadh sé a bheith ina bhrionglóid.'

D'fhéach a mháthair air go himníoch.

'Tá súil agam nach bhfuil tú ag staidéar an iomarca.'

Shocraigh sí tósta Mrs Paulson ar phláta.

'Ba chóir duit dul amach le do chuid cairde níos minice. Cén chaoi a bhfuil Michael? Ní fhaca mé é leis na cianta.'

Chuir Daniel strainc air féin.

'Tá sé timpeall.'

'Bhuel, tabhair cuireadh chun an tí dó am éigin. Tá an chosúlacht air gur leaid deas é.'

Thiontaigh sí thart.

'Tabhair suas an trae, an dtabharfá? Agus ná lig dó titim.'

Bhíodh a bricfeasta sa leaba ag Mrs Paulson i gcónaí. Nuair a bhí an trae socair ar a compord aici agus í ag oscailt an pháipéir d'fhéach sí air.

'Bhuel? Ag crochadh thart go fóill?'

Go míchompordach a labhair sí.

'Níor theastaigh uaim ach ceist a chur ort. An scáthán – an raibh sé ansin i gcónaí?'

Leag sí síos an páipéar agus stán sí air.

'Ach cén fáth a bhfuil oiread sin suime agat sa scáthán?'

Chroith sí a cloigeann nuair a chonaic sí é ag cur guaillí air féin.

'Bhuel, más maith leat fios a fháil air . . . ní raibh sé ansin i gcónaí. Bhí sé thuas ar an áiléar ar feadh na mblianta. Nílim cinnte cén fáth anois . . . Ní shílim gur thaitin sé go rómhaith le George – b'in é m'fhear céile. Tar éis dó bás a fháil thug mé anuas é. Anois an bhfuil tú sásta?'

Sméid sé a cheann. Istigh ina chorp chuaigh drithlíní trí néaróga a mhéar agus thosaigh siad ag léimneach.

D'imigh an lá thart agus é ar bior. Ní raibh dathanna chomh glé sin riamh, ní raibh boladh bláthanna ná drochbholadh ceimiceán sa tsaotharlann chomh gonta ná chomh géar sin. Mhothaigh sé neirbhíseach agus míshocair, amhail is dá mbeadh fuinneamh ollmhór sáinnithe istigh ann agus ag iarraidh briseadh amach tríd. Bhí sé deacair fanacht socair, a intinn a choinneáil ar thada. Chonaic sé Michael faoi dhó, sa cheaintín geábh amháin, é trasna uaidh trí na cloigne go léir. Ach faoin am a ndearna sé a bhealach tríd an scuaine agus trasna ní raibh aon duine fágtha ag an mbord. Cá raibh sé? Céard a bhí ar bun aige? Bhí na drithlíní a bhí ina chliabhrach ag ardú nó go raibh iompaithe isteach ina scanradh. Bhrúigh sé síos é, é fós ina sheasamh sa halla glórach agus a lámh i ngreim go daingean sa chathaoir. Tar éis na scoile. B'in an t-am. Tar éis na scoile.

Bhí a fhios aige go mbeadh sé deacair ar an mbus. Ba bhreá leis labhairt le Michael agus gan ach an bheirt acu ann, leithéidí Hughes sleamhain glic, agus an chuid eile den gheaing lena gclabanna móra agus a gcloigne folmha. Bhí siad ar fad ag gáire faoi anois nuair a d'fhiafraigh sé, 'Ar thug tú ar ais iad?'

Mar fhreagra, thóg Michael na heochracha aníos as a phóca agus chroith iad os comhair aghaidh Daniel. Rinne Daniel iarracht iad a bhreith leis ach bhí Michael rósciobtha.

'Céard atá tú ag dul a dhéanamh?'

'Nach ndúirt mé leat. Tá mé ag dul a bhreathnú thart taobh istigh.'

'Ná bí amaideach! Céard a dhéanfaidh tú má bhíonn sí istigh?'

'Níl.'

Scaoil sé an greim ar a charbhat agus bhain de é.

'Bíonn sí ag an gcór tar éis na scoile. Gach Déardaoin.'

Rinne Marcus Jones fonóid faoi. Níor thug Daniel aon aird air. Mhothaigh sé an chumhacht ag lúbarnaíl ina chliabhrach.

'Sa chás sin, stopfaidh mise tú.'

'Tusa!' Gháir Michael. 'Téigh abhaile, Dan. Déan d'obair bhaile is fan amach as seo.'

Sheas Daniel suas, ach chas an bus cúinne go tobann gur stop sé. Caitheadh Daniel ar ais ina shuíochán. Bhí siad imithe thairis i bhfaiteadh na súl, thuirling den bhus ag gáire, agus rith suas an tsráid. Sciob sé a mhála agus bhrúigh sé a bhealach roimhe ina ndiaidh, é ag léimneach síos agus an bus tosaithe ag gluaiseacht arís. Níor thug sé aon aird ar scread chantalach an tiománaí.

D'fhéach sé timpeall air go tapa.

Ní raibh a fhios aige cá raibh Mrs Lewis ina cónaí ná ní raibh mórán eolais aige ar an mbaile seo, ar na sráideanna cúil, ar aon nós. Chonaic sé ansin iad i scáileanna fuinneoige. Bhí siad ar a chúl ag rith suas sráid ina raibh sraith de thithe. An oiread gleo acu agus iad ag pleidhcíocht leo. Rith sé ina ndiaidh go cúramach.

Teach beag aonair a bhí ag Mrs Lewis, é tamall isteach ón mbóthar i ngairdín míshlachtmhar. Bhí crócais chorcra ag bíogadh aníos ag an doras.

Stop an geaing ag an ngeata, ag cruinniú timpeall.

'Scaipigí amach,' a shnap Michael.

'Coinnígí súil ar an tsráid.'

Chas sé timpeall ansin agus chonaic Daniel. Ar feadh nóiméid phreab a aghaidh amhail is dá mbeadh sé ar tí pléascadh le holc.

'Céard atá á dhéanamh agatsa anseo?'

'Nach ndúirt mé leat?' Chuaigh Daniel suas chuige.

'Tá rud amaideach ar siúl agat. Ní haon ábhar grinn é. Deargsheafóid. Tabhair dom na heochracha. Déarfaidh mé léi go bhfuair mise iad.'

Stán Michael air.

'Ní chreidfeadh sí tú.'

'Is cuma sin. Beidh siad aici.'

Bhí Michael idir dhá chomhairle. Go tobann mhothaigh Daniel creatháin fuinnimh ag dul tríd. Rug sé ar ghualainn ar Michael.

'Éist. Cairde a bhíodh ionainn, nach bhfuil sin fíor?'

Ní dhearna Michael aon iarracht é féin a scaoileadh uaidh. D'fhéach sé ar Daniel agus meangadh cam air.

'So?'

'So, is cairde i gcónaí muid. Faigh réidh leis an slua seo. Níl ann ach go gcruinníonn siad timpeall ort mar nach bhfuil a fhios acu céard ba chóir dóibh a dhéanamh. Tá tusa rómhaith dóibh. Bhí i gcónaí.'

'Mise? Níl mise fiú sa bhanna intleachta níos mó.'

'Mar gur ghéill tú go ró-éasca. D'fhéadfá roinnt oibre a dhéanamh.'

'Obair!' Chroith Michael a cheann, agus meangadh fós ar a bhéal. 'Rómhall dó sin.'

'Níl sé rómhall. Níl duitse, agus is maith atá a fhios agat sin. Tá níos mó de mheabhair chinn agatsa ná mar atá ag an gcuid eile againn curtha le chéile.'

' . . . Dá mbainfinn aon úsáid as. Sin é an chaoi a ndeirtear é de ghnáth. Cheapfá gur mo mháthair atá ag caint.'

Lig Daniel leis. Bhí straois ar an mbeirt acu. Taobh thiar díobh bhí an slua ag éirí míshocair.

'Má tá do mhisneach caillte agatsa,' arsa Marcas go giorraisc, 'tabhair dúinne na heochracha. Déanfaidh muidne é.'

'Tusa!' D'iompaigh Michael thart agus d'fhéach air go fuar. 'Bheadh deacracht agatsa poll na heochrach a aimsiú.'

Bhí ciúnas teannasach ann. Ansin téann Marcus níos gaire.

'Abair sin arís.'

'Cén fáth a ndéarfainn? Ní pearóid mé. Agus má tá

na heochracha uait caithfidh tú teacht agus iad a fháil uaim.'

Bhí aghaidh an bhuachalla throim trína chéile.

'Cheap mé go raibh misneach agatsa, a Michael.'

'B'fhéidir go bhfuil,' a dúirt Michael go ciúin. 'B'fhéidir.'

Bhí an troid tobann agus gearr. Tharraing Marcus dorn crua ach tháinig Michael ar ais agus bhrúigh go feargach isteach sna crainn é, áit a raibh sé ag streachailt, é le craobhacha, i measc na bpribhéad. Tharraing Daniel amach é agus bhrúigh uaidh é agus sheas taobh le Michael, is é ag baint taitnimh as. Stán Marcus ar an mbeirt acu, déistin air is gan é in ann a chreidbheáil go raibh seo tar éis tarlú.

'Ní thuigimse é seo. Cheap mé go raibh tusa linne.'

Chroith Michael a ghuaillí.

'Cheap mé féin go raibh freisin.'

'B'fhearr duit d'intinn a dhéanamh suas.' Chas Marcus timpeall agus mháirseáil leis síos an cnoc, an chuid eile ina dhiaidh. Ag bun an bhóthair gháir siad ar fad le chéile, go han-ard. Chas siad an cúinne ansin. Leath ciúnas. Chuaigh leoraí thar bráid go torannach, suas an lána idir na crainn arda. Ansin d'iompaigh Michael air go fiosrach.

'Céard atá tagtha ort?'

Rinne Daniel gáire. 'Bheadh iontas ort.'

D'fhan siad i bhfad le bus eile, iad ag caint faoi ghnáthrudaí, seanrudaí.

Bhí Daniel ag léimneach suas agus anuas ar an gcosán go míshocair. Níor iarr sé ar Michael teacht abhaile leis. Bhí a thios acu beirt go raibh sé ag teacht.

Ar deireadh thiar thall agus é ag tuirlingt den bhus, dúirt sé,

'Céard faoi na heochracha úd?'

Chroith Michael é féin, ar nós cuma liom.

'Cuirfidh mé ar ais iad.'

'Isteach sa mhála?'

'Cén fáth nach gcuirfeadh? Don chraic.' Stop sé agus sheas os comhair Daniel, ag blocáil an chosáin.

'Bheinnse imithe isteach,' a dúirt sé, go ciúin.

Sméid Daniel, a aghaidh an-dáiríre.

'Tá a fhios agam go mbeifeá. Sin an fhadhb.'

Bhí a mháthair amuigh. Bhreathnaigh sé thar an gcúinne agus dúirt heileo le Mrs Paulson. Ansin chuaigh siad suas an staighre go tapa go dtí seomra Daniel. Ach shiúil sé thar a sheomra agus síos an dorchla a bhí faoi dhusta chuig an doras dúnta ag a dheireadh.

'Ar aistrigh tú go seomra eile?'a dúirt Michael, ag siúl taobh thiar de.

'Níor aistrigh. Nílim ach ag iarraidh rud éigin a fheiceáil.'

Bhí an eochair sa doras. Chas sé í agus chuaigh isteach. Bhí an t-áiléar ag cur thar maoil le boscaí agus cófraí agus seantroscán. Bhí carn cathaoireacha ann, iad iompaithe bun os cionn agus a gcosa ag sacadh amach i ngach treo amhail is dá mbeadh cosúil le damhán alla ollmhór. Bhí pictiúir leagtha i gcoinne an bhalla. Chas Michael ceann acu timpeall, d'ardaigh suas é agus d'fhéach air, a lámha dubh le dusta.

'Tharlódh gur fiú cúpla pingin mhaith an slám seo.'

'Déan dearmad ar an méid sin, mar thús.' Chuaigh

Daniel anonn go dtí an fhuinneog agus d'fhéach síos. Ar leac na fuinneoige i measc an dusta bhí cnámha éin, iad beag agus briosc. Bhí siad scaipthe thart, tar éis do lucha a bheith ag gabháil dóibh, an blaosc beag bídeach briste i gcoinne fráma na fuinneoige.

D'fhéach sé orthu ar feadh nóiméid, is shearr é féin ansin agus d'úsáid a neart ar fad chun an fhuinneog dhocht a oscailt, sa tslí gur tháinig an t-aer fuar isteach ag cur néal deannaigh ar fud na háite.

'Hé!' Dhún Michael a shúile go teann. 'Éirigh as.'

Níor fhreagair Daniel. Leag sé a dhá lámh ar leac na fuinneoige faoina mheáchan agus d'fhéach amach, é ag análú go domhain, é á ligean leis, ag ligean dó é a fhágáil.

Sa ghairdín clapsholasach bhí lusanna an chromchinn chomh geal le taibhsí. I bhfad i gcéin sna crainn bhí na héin go léir ag ceiliúradh.

Díreach ar nós Deirfiúracha

Jenny Sullivan

Scríob Katie a cosa ar an talamh agus smut uirthi.

'Níl sé féaráilte, a Mham, tá gach duine eile ag dul. Tá Ceri ag dul, nach bhfuil, a Ceri? Tá a Mam chun í a thabhairt ann.'

Ach ní raibh faoi Ceri a ladar a chur sa scéal. Theann máthair Katie a liopaí.

'Tá sí ag dul, an bhfuil?' a dúirt sí, agus ansin d'fhéach athuair ar Katie. 'Is cuma liom céard atá gach duine eile ag déanamh, a Kathryn. Níl tusa ag dul chuig aon cheolchoirm phop leat féin san oíche i gCardiff. Agus sin a mbeidh faoi, a chailín óig. Tá do sheomra leapa ina phraiseach agus ní cuimhin liom tú a fheiceáil ag déanamh aon obair bhaile leis na cianta. Is gearr uait na scrúduithe GCSE agus táimse á rá leat anois go bhfuil sé in am agat luí isteach ar an obair.'

Thuig Ceri go raibh sé in am di féin éalú.

'Katie, caithfidh mé imeacht. Feicfidh mé tú, OK. Slán, Mrs Davies.'

Bhí Ceri ag smaoineamh ina hintinn cén chaoi a

mbeadh sé máthair ar nós Mrs Davies a bheith aici. Í géar, meánaosta, an-chantalach scaití, í de ghnáth go huillinneacha i bplúr nó in uisce níocháin. Ach ba mháthair í cinnte.

Ag oscailt an dorais chúil, lig sí béic.

'Hi, Dilly, táim sa bhaile.'

Chuala sí glór Dilly thuas staighre.

'Beidh mé thíos faoi cheann nóiméid, a stór. Cheannaigh mé gúna nua – cheap mé go gcaithfinn anocht é!'

Chuir Ceri strainc uirthi féin. Céard, anocht? Bhí ceachtanna Béarla, Staire agus Gearmáinise le críochnú aici agus bhí Macbeth, a bhí á léamh aici, le críochnú roimh an rang Drámaíochta an lá dár gcionn. Bhrúigh a máthair a bealach isteach sa chistin trí na luascdhoirse. Lig Ceri osna ina hintinn.

'An maith leat é?' a bhíog Dilly, ag fiodrince timpeall. Bhí mionsciorta gearr dubh ag clúdach a corróg ramhar, riteoga dubha dorcha ag clúdach a cos óna ceathrúna síos, sála arda, bróga leathair spágacha snasta. Bhí a folt bán gruaige ina scairdeán thar a guaillí. Bhí solas ina súile a d'fhág ag lonradh iad faoin scáil ghorm. Réitigh a cuid ingne fada go seoigh lena liopaí flanndearga.

'Iontach,' a dúirt Ceri, í ag iarraidh cuma dhíograiseach a chur uirthi féin, cé gurbh ionann an gúna agus an ceann a cheannaigh sí féin an Satharn roimhe sin in Keen Teen ar an tSráid Ard.

'Cheap mé go mbeadh greim le hithe againn in Mc Donald's anocht,' a dúirt a máthair agus í ar sceitimíní léi féin.

'Is féidir leatsa do ghúna féin a chaitheamh agus caithfidh mise mo cheann féin, agus beidh daoine ag ceapadh go bhfuilimid ar nós deirfiúracha. Is féidir linn dul chuig scannán nua Brad Pitt ina dhiaidh sin.'

'Ba bhreá liom dul, Dilly, dáiríre,' a dúirt Ceri, 'ach amháin go bhfuil ualach d'obair bhaile le déanamh agam, agus bhí mé ag tnúth le hoíche luath. Ná déan dearmad go bhfuilimid ag dul amach go bhfeicfimid na Purple Corpses ar an Satharn, tá na GCSE's agam faoi cheann míosa agus caithfidh mé dul siar ar mo chuid nótaí am éigin.'

'*Oh, poo,*' a dúirt Dilly, ag cur smuit uirthi féin. 'Obair scoile. Yuch! Ná bac le bheith ag dul siar air, Ceri, beidh tú ceart go leor. Is féidir leat teacht ag obair sa siopa liomsa am ar bith.'

B'fhearr liom mé féin a shá sa tsúil le gob badhró, a smaoinigh Ceri, ach ní dúirt sí tada. Ba é siopa bláthanna Dilly a choinnigh ag imeacht iad ó d'imigh Dad agus thuig Ceri gur chóir di a bheith buíoch nach raibh siad ag fáil cúnaimh leasa shóisialaigh ar nós an chailín a bhí ina rang Béarla a raibh ar a máthair streachailt le híoc as feisteas na scoile, ní áirím tada eile. Ach ba bhreá le Dilly i gcónaí a bheith ag ríomh a scéil féin d'aon duine a d'éistfeadh, nach ndearna sí aon scrúdú riamh, ach gur éirigh go maith léi, dá ainneoin sin.

Ach ní shásódh an méid sin Ceri. Theastaigh uaithi dul chuig an ollscoil go géar mar chiallódh sé sin go mbeadh deis aici imeacht ó Dilly ar feadh trí bliana ar a laghad, agus nuair a d'imeodh sí sa chéad dul síos ní fhillfeadh sí choíche. Bhuel, seachas faoi Nollaig agus um Cháisc agus amanna mar sin. Ní hé nach bhfuil cion agam uirthi, a smaoinigh Ceri, ach bíonn sí ansin i gcónaí is cuma céard a dhéanaim, nó cá dtéim, í do mo leanacht, ag brú isteach orm, í ag iarraidh a bheith ina deirfiúr agam. Ach amháin nach í mo dheirfiúr í. Is í mo mháthair í.

Lig Dilly di féin titim isteach sa chathaoir, a liopa íochtarach ag gobadh amach.

'Tá mé ag iarraidh dul amach. Níl tada istigh agam don tae. Caithfidh mé dul síos chuig an siopa sceallóg chun sceallóga agus iasc a fháil.'

Stop Ceri soicind agus í ar tí a cóta a bhaint di. 'Bheadh sé sin iontach. An bhfaighidh mise iad?'

Chuir Dilly cor ina srón agus thosaigh ag sciotaíl.

'Ná faigh. Chiallódh sé go mbeinn ag dul thar an áit ina bhfuil na fir ag obair ar an mbóthar. Tá fear ag obair ann, thíos sa pholl agus tá sé díreach cosúil le mo dhuine atá san fhógra Coke. Tá a fhios agat, fear na matán.' Chuir sí guaillí uirthi féin, í ar bís.

'Chuir sé meangadh air féin agus é ag féachaint orm ar maidin. Is fíor*hunk* é amach is amach!'

Theith Ceri chuig a seomra. Ba ghearr eile go mbeadh Dilly ag insint di faoina cúrsaí grá arís. Ba ghráin léi é sin. Cén fáth nach bhféadfadh Dilly í féin a iompar mar a bheadh máthair ann, in ainm Dé? Theastaigh Mam ó Ceri a bheadh ag gearán, a chuirfeadh isteach uirthi, a d'ordódh chuig a seomra í agus a chuirfeadh cosc uirthi dul amach scaití. Níor theastaigh máthair uaithi a chuaigh chuig ceolchoirmeacha pop agus a chaith mionsciortaí. Níor theastaigh ó Ceri na Purple Corpses a fheiceáil ach oiread. Bhí an ghráin aici ar an stuif sin. Ach theastaigh ó Dilly dul ann agus anois bhí an chosúlacht ar an scéal go mbeadh orthu dul ann, gléasta mar a chéile arís.

Ní raibh cúrsaí chomh dona sin nuair a bhí Ceri beag. Bhí sé ceart go leor a bheith ag caitheamh an bhríste dungaraí chéanna, agus paistí air, ag an am úd mar go raibh siad beirt níos óige. Ach anois, in ainm Dé, bhí an dá scór caite go maith ag Dilly. Ba dheas an rud é dá ngníomhódh sí dá réir.

Phlab an doras tosaigh agus chrom Ceri ar a cuid oibre. Agus í báite in Shakespeare níor bhraith sí a máthair ar ais nó gur lig sí scread thuas staighre.

'Tá na sceallóga ag éirí fuar, a stór, agus tomhais cé a casadh orm sa siopa sceallóg!'

Bháigh Ceri a cloigeann ina lámha, í ag guí is ag súil nár dhuine é a gcaithfeadh sí a bheith go deas leis. Bhí an oiread sin athbhreithnithe le déanamh aici. Leath bealaigh síos staighre, chuala sí a máthair ag sciotaíl. Fear, mar sin. Thosaigh a cuid fiacla ag gíoscán agus d'impigh ar Dhia. Duine ar bith seachas Victor!

Ach ba é Victor a bhí ann. Ba é Victor a bhí i bhfeighil an tsiopa torthaí agus glasraí a bhí le taobh shiopa bláthanna Dilly. Bhíodh folt bréige gruaige fionnrua á chaitheamh aige, agus bhíodh sé ag spallaíocht le Dilly. D'oscail Ceri doras na cistine.

'Seo mo chailín beag eile!' a dúirt Victor. 'An bheirt chailíní óga is áille in Ponty, iad beirt le chéile. Nach ormsa atá an t-ádh.'

Theastaigh ó Ceri a méara a shacadh síos ina scornach féin agus caitheamh amach. Ach is éard a rinne sí ná meangadh milis a chur ar a béal agus a háit a thógáil ag bord na cistine. Bhí trosc agus sceallóga os a comhair agus gal ag éirí astu. Heileó, Spotsville! D'ith sí chomh tapa agus a d'fhéad sí, is gan í a bheith ag iarraidh éisteacht leis an gcomhrá idir a máthair agus Victor. Bhí siad ag ól fíon dearg lena gcuid sceallóg agus bhí an t-ól ag breith ar Dilly rud a d'fhág nach raibh greim róghéar ar a teanga aici. Rinne Ceri suas a hintinn glanadh amach as an áit go luath sula n-éireodh an comhrá róphearsanta. Chríochnaigh sí a cuid sceallóg agus ghabh sí a leithscéal. Ar a laghad d'fhéadfadh sí leanacht ar aghaidh lena cuid oibre gan a bheith cráite ag a máthair á hiarraidh síos an staighre le breathnú ar *The Bill* nó *Coronation Street*. D'fhanfadh Victor nó go mbeadh an fíon ólta.

Ar scoil, an lá dar gcionn, bhí Katie crosta fós.

'Ní ligfidh sí dom dul ag breathnú ar na Purple Corpses. Ní éisteann sí liom. *Nag, nag, nag.* Faraor gan do mháthairse agamsa, a Ceri. Tá sí iontach. An chaoi a bhfanann sí ina suí agus í ag caint! Tá sí beagnach cosúil linn féin. Ní bhíonn sí de shíor ag gabháil díot, an mbíonn?'

Chuir Ceri guaillí uirthi féin.

'Ní bhíonn. Ach amháin – uaireanta b'fhearr liom dá mbeadh sí níos cosúla le do Mham.'

Chuir Katie strainc uafáis uirthi féin.

'Níl tú dáiríre! Ní thugann sí sos ná scíth dom ach í i m'éadan i gcónaí. Éireoidh sé níos measa freisin. Tá cruinniú tuismitheoirí ag Mam agus ag Deaid anocht. Tá a fhios agat: "Beidh na scrúduithe GCSE ann go luath – seo do sheans le dul chun cinn do pháiste a phlé."' Bhrúigh sí siar a cuid gruaige óna héadan.

'Tá a fhios agamsa céard atá ag dul a tharlú. Déarfaidh Blonag smutach nach bhfuilim ag obair agus tiocfaidh Mam agus Deaid abhaile agus céasfaidh siad mé. Cén t-am a bhfuil coinne ag do mháthairse, a Ceri?'

'Níl a fhios agam,' a dúirt sí. 'Níor thóg mé an litir abhaile liom. Níl a fhios ag Dilly tada faoi.'

Stán Katie, a béal ar leathadh.

'Ach níl aon údar imní agatsa! Ní bheidh tusa in aon trioblóid le Miss Larding! Is tusa an tiarálaí, tá a fhios ag gach aon duine gur A-anna uile a gheobhas tú.'

Bhí a fhios ag Ceri go raibh seans maith ann go bhfaigheadh. D'oibrigh sí crua go leor. Bhí uirthi. Theastaigh torthaí maithe uaithi le fáil amach as an áit.

'Níl ann ach nach bhfuil mé ag iarraidh go dtiocfadh Dilly chuig an scoil. Sin an méid. Cuireann sí náire orm, a Katie. An geábh deireanach bhí sí ag flirteáil le Mr Williams. An múinteoir bitheolaíochta, in ainm Dé!'

Chroith Katie a ceann agus é ag cinneadh uirthi meabhair a bhaint as an scéal.

'Ach tá do mháthairse iontach, a Ceri! Tá sí chun tú a thabhairt chuig na Purple Corpses, fiú, ar an Satharn! Ní ligfidh mo mháthairse domsa dul ann!'

'Sea go díreach,' a d'fhreagair Ceri go searbh. 'Ach amháin nach dteastaíonn uaimse dul ann. Tá an ghráin agam ar na Purple Corpses. Agus is fuath liom a bheith ag dul amach le mo mháthair. Beidh sé uafásach amach is amach.'

Bhí. D'áitigh Dilly go mbeidís gléasta díreach cosúil

lena chéile. Bhraith Ceri amhail is dá mbeadh breith bháis tugtha uirthi. Ar feadh tamaillín ghairid smaoinigh sí ligean uirthi féin go raibh aipindicíteas uirthi ach bhí an oiread sin sceitimíní ar a máthair faoin gceolchoirm. Bhí Ceri ag súil le Dia go dtiocfadh sé ina dhíle bháistí ós rud é gur i bPáirc Cardiff Arms a bhí na Purple Corpses le bheith ag seinm agus ba chinnte go gcuirfí ar ceal é dá mbeadh sé fliuch – leáfadh an smideadh a bheadh orthu ar an gcéad dul síos, a smaoinigh sí go searbh.

Pháirceáil siad an carr sa charrchlós ilstórach a bhí in aice an stáisiúin agus ghread leo i measc na sluaite a bhí ag déanamh a mbealaigh isteach. Thug Ceri faoi deara go raibh siad ar fad óg, nach mór. Ní raibh máthair dhuine ar bith eile ann. Bhí daoine ag stánadh orthu. Thug Dilly uillinn di.

'Féach, Ceri! Tá tír is talamh ag tabhairt suntais dúinn! Cuirfidh mé geall leat go gceapann siad gur deirfiúracha muid!'

Cuirfidh mé geall leat nach gceapann, a smaoinigh Ceri go dúr. Chuir Dilly a lámh in ascaill Ceri.

'Ó, tá sceitimíní móra orm. An príomhghiotáraí úd – cén t-ainm atá air? Slasher O'Connor. Tá sé – Ó!'

Chuir a máthair guaillí uirthi féin ag aisteoireacht agus dhún a súile.

'An bhfuil a fhios agat céard a chuireann sé i gcuimhne dom?'

Lig Ceri osna.

'Mo dhuine sin thíos sa pholl – an straois dhailtíneach chéanna. Nílim ag magadh, Ceri. Déarfainn go bhfuil seans agam. Gach uair a shiúlaim thairis cuireann sé meangadh gáire air féin liom. Ó, féach, tá sé ag tosú!'

An seó soilse léasair. An leac oighre tirim. Na héifeachtaí speisialta mórthaibhseacha. An torann a d'fhógair go raibh na Purple Corpses ar tí teacht ar an stáitse. D'fhéach Ceri ar a huaireadóir. I gceann uair an chloig eile nó mar sin d'fhéadfadh sí filleadh ar Macbeth. Bhí Slasher O'Connor ag pramsáil ar an stáitse, bríste an-teann leathair fáiscthe suas air. Thosaigh béiceacha agus liúnna ag pléascadh amach agus ag ardú ar fud na staide. Thosaigh Dilly í féin. Tráthnóna fada a bheadh ann. Faoin am ar phramsáil na Purple Corpses den stáitse arís agus allas leo bhí slócht ar Dilly agus bhí tinneas cinn ar Ceri. Bhí orthu stopadh ar an mbealach amach le deis a thabhairt do Dilly dhá T-léine Purple Corpses a cheannach a bhí díreach mar an gcéanna–beagnach fiche punt an ceann orthu, a smaoinigh Ceri: slad eile, fearacht an bhanna féin.

D'fháisc Dilly a ceann féin lena hucht.

'Bhí sé sin ar fheabhas,' a d'análaigh sí. 'D'fhéach Slasher isteach díreach sa dá shúil orm. Tá a fhios agam gur fhéach!'

Lig Ceri osna. Ní bheadh aon athbhreithniú ar obair na bliana ann anocht. Bhí an méid sin cinnte. Stop ná staon ní dhéanfadh Dilly nó go mbeadh ina mhaidin. Bheadh sí *hyper* mar a bhí sí tar éis ceolchoirm Intergalactic Tombstones mí na Bealtaine seo caite. Ar a laghad an babhta seo ní raibh sí ag iarraidh go bhfanfaidís ag an ngeata ag cuardach síniúchán ó bhaill an bhanna. Ach, a smaoinigh Ceri, bheadh an

Domhnach i gcónaí ann. D'fhéadfadh sí luí isteach ar an gCeimic ansin. Agus d'fhéadfadh Katie an T-léine a choimeád – ba chinnte nach gcaithfeadh sí féin é.

Maidin Dé Luain agus í ag fanacht leis an mbus thug Ceri Dilly faoi deara ar an taobh eile den bhóthar, í ag sodar léi ina mionsciorta agus a bróga spágacha le sála arda Ceri uirthi. Céard sa mhí-ádh a bhí ar bun aici? Cá raibh an carr? Níor shiúil Dilly aon áit riamh má bhí neart aici air. Ansin smaoinigh Ceri ar an *hunk* a bhí thíos sa pholl, agus thuig sí.

Leath bealaigh tríd an gcéad cheacht chuir Miss Larding isteach ar an rang agus labhair i gcogar leis an múinteoir. Tugadh Ceri chuig an oifig, áit a bhfuair sí amach go raibh Dilly tar éis timpiste a bheith aici.

'Ach ná bíodh aon imní ort, a stór,' a dúirt Miss Larding, ag cur a láimhe ar ghualainn Ceri go cineálta. 'Beidh sí ceart go leor. Baineadh tuisle aisti ach níl sí ródhona. Faigh do chuid rudaí agus tabharfaidh mé chuig an ospidéal tú.'

Bhí Dilly fós san ionad dianchúraim. Bhí a cos chlé briste chomh maith lena dealrachán agus a rosta. Agus bhí sí ag fanacht go dtabharfaí suas chuig an mbarda í. Bhí a folt bán gruaige, sreangach le salachar, in aimhréidh timpeall a héadain. Bhí a smideadh ina phuiteach, agus bhí cuma . . . shean uirthi. Is beag cosúlacht deirfiúracha a bhí anois orthu, a smaoinigh Ceri go dúr.

'Céard a tharla?' a d'fhiafraigh sí, ag breith ar lámh ar a máthair ar an taobh nach raibh briste. D'éirigh aghaidh Dilly dearg.

'Thit mé,' a dúirt sí, agus phléasc sí amach ag

caoineadh.   Chuir Ceri a lámha timpeall uirthi, go cúramach, í ag iarraidh gan teagmháil le haon chuid dá corp a bhí gortaithe.

'An bhfuil sé pianmhar?' a d'fhiafraigh sí.   'An bhfaighidh mé an bhanaltra le rud éigin a thabhairt duit?'

'Nááá déan,' a chaoin Dilly.   'Tugadh an oiread sin drugaí dom nach ngortaíonn tada.   Tá mé chomh céasta cráite sin!'

'Cén fáth?' a d'fhiafraigh Ceri, agus mearbhall uirthi. 'Tá a fhios agam gur baineadh croitheadh asat, ach cén fáth an crá croí seo go léir?'

Thóg Dilly lán glaice de chiarsúir pháipéir as an mbosca lena taobh agus ghlan a súile, í ag scaipeadh cosmaid súile corcra agus mascára ar fud a héadain.

'Mothaím thar a bheith amaideach, a Ceri. Bhí mé ar bís an oiread sin ag iarraidh aird mo dhuine a tharraingt orm gur – gur – thit mé síos isteach sa pholl. Síos ag a chosa sa phuiteach.'

Chuimil Ceri gualainn Dilly.

'Cheap mé gurbh in a bhí ar siúl agat, a Dilly. Breith ar amharc air. Cén bealach is fearr lena dhéanamh ná titim ag bun a chos?'

'Ní thuigeann tú,' a chaoin Dilly. 'Tá sé, sé . . .'

'Tá sé céard?' Bhí imní ag teacht ar Ceri. Ar ionsaigh an fear sa pholl í nó rud éigin?

'Ghlaoigh sé M-m-m-mam orm!   Nuair a thug sé cúnamh d'fhear an otharchairr mé a ardú aníos as an bpoll, ghlaoigh sé Mam orm!'

Thosaigh Ceri ag gáire, agus ansin tháinig sí roimpi féin.

'Ach is Mam tú, Dilly. Is tú mo Mhamsa. Agus is iontach an Mam tú!'

'Dáiríre?' a dúirt Dilly, ag snagaireacht.

'Dáiríre.'

'Mhothaigh mé chomh . . . sean sin, de bharr a chuid cainte.'

'Níl tú sean, Dilly.'

'Ach ghlaoigh sé Mam orm!'

'Ghlaoigh. Dúirt tú gur ghlaoigh.' D'fháisc Ceri lámh a máthar.

'Féach, Dilly, ní thaitneoidh sé seo leat, agus b'fhéidir nach am maith é seo lena rá leat, ach theastaigh uaim é a rá le fada agus ní raibh a fhios agam cén chaoi ab fhearr lena rá. Dilly, is tú mo Mham. Ní tú mo dheirfiúr. Agus ní haon mhaith duit a bheith ag ligean ort féin gur tú. Teastaíonn Mam uaim, a Dilly. Ní deirfiúr mhór, ná cara le dul chuig ceolchoirmeacha pop. Teastaíonn Mam cheart uaim!'

Shac duine éigin a chloigeann isteach idir chuirtíní an chillín. Lig Dilly fuaim aisti féin, fuaim a bhí idir a bheith ina hosna agus ina scread chaointe. Cloigeann óg a bhí ann agus é an-dathúil. Bhí sé dorcha, le gruaig chatach, guaillí matánacha faoi T-léine shalach bhán. Bhí fiacla geala le feiceáil san éadan ar a raibh lorg puití.

'*Hiya, Mam,*' a dúirt sé go gealgháireach. 'Táim ag greadach liom anois, ós rud é go bhfuil a fhios agam go bhfuil tú OK.'

Chuir sé cár air féin le Ceri.

'Baineadh treascairt aisti, féach, agus thit sí síos i mo pholl sa bhóthar.'

Chuir sé aghaidh chomhcheilgeach air féin.

'Caithfidh tú a rá léi, a stór, nár cheart do mhná meánaosta bróga seafóideacha a chaitheamh.'

D'ardaigh sé a ghuth de bheagán, amhail is dá mbeadh Dilly bodhar.

'Tóg go réidh é, tusa, anois. Lig don bhean óg seo an tsiopadóireacht a dhéanamh duit, tá sí níos socra ar a cosa, de réir dealraimh!'

D'oscail béal Dilly ar nós béal iasc órga. Dhún arís.

Bhí a shúile an-ghorm. Rinne Ceri a dícheall gan cár gáire a chur uirthi le freagairt dá chár gáire féin.

'Raight, Missus, fillfidh mise ar mo chuid oibre. Ní féidir poll a fhágáil sa bhóthar gan duine éigin a bheith ag coinneáil súile air. B'fhéidir go dtitfeadh leibide éigin isteach ann.'

Bhí an chuma ar Dilly go raibh an chaint imithe uaithi. Bhí a haghaidh scarlóideach le haiféaltas. Agus sular fhág Ceri an t-ospidéal bhí comhrá an-fhada acu.

Agus í ag siúl abhaile, bhí tuairim aisteach ag Ceri go bhféadfadh rudaí a bheith difriúil as seo amach. Faoin am a mbeadh an chos bhriste cneasaithe, b'fhéidir fiú amháin go mbeadh máthair aici. Máthair cheart, mar a bhí ag Katie, a bheadh ag gearán nó go gcuirfeadh sí eagar ar a seomra, a thabharfadh íde béil di nuair a thagadh sí abhaile deireanach, a choinneodh istigh í amanna, a chuirfeadh faoi deara di obair bhaile a dhéanamh agus a cháinfeadh fad a cuid sciortaí. Rug sí barróg uirthi féin go sásta. Ó, is ar éigean a d'fhéadfadh sí fanacht.

Ag an gcúinne mar a raibh an siopa sceallóg, bhí poll mór sa bhóthar, timpeallaithe ag ribíní stríoctha crochta idir mullaird. Bhí an gnáthchloigeann le feiceáil ag gobadh aníos as. Le fírinne d'fhéach sé díreach cosúil le boc an Coke! Thug sé Ceri faoi deara agus sheas sé suas ag ligean a mheáchain ar an spád, meangadh ar a bhéal, é ag fanacht go mbeadh sí níos gaire.

'Heileo,' a dúirt Ceri go cúthail. 'Go raibh maith agat as aire a thabhairt do mo mháthar.'

Bhí sé ag cartadh cnapáin chréafóige, aiféaltas le feiceáil ar a aghaidh.

'Ná habair é, a ghrá. Thit an seanchréatúr isteach i mullach a cinn.'

Chlaon sé a cheann ar leataobh agus d'fhéach go géar uirthi.

'Níor theastaigh uaim ceist a chur ort os comhair do mháthar agus mar sin de, ach mura bhfuil tú ag déanamh tada ar an Satharn, céard faoi . . . ?

Tháinig meangadh ar Ceri.

'Ba bhreá liom é, ach ní fhéadfainn. Tá na scrúduithe le déanamh agam go luath agus' . . . í thar a bheith sásta léi féin, 'ní ligfeadh mo Mham amach mé nó go mbeidh siad thart.'

Chuir sé strainc air féin.

'Máithreacha, ah? Ach b'fhéidir ina dhiaidh sin, OK?' Sméid Ceri.

'OK.' Bhraith sé aisteach a bheith ag caint le duine a raibh a chloigeann thíos ag do rúitíní.

'An bhfuil a fhios agat,' a dúirt sé go smaointeach, 'chuirfinn geall leat gur chailín an-tarraingteach a bhí inti tráth, do Mham. Caithfidh sé gur fhéach sí díreach cosúil leatsa.'

'Go díreach é,' a dúirt Ceri, 'díreach ar nós deirfiúracha!'

76

Teifigh

Paul Lewis

Bhí siad ina seasamh i scáil fhothrach an chaisleáin agus cé go raibh siad píosa uaidh bhí a fhios ag Jason go raibh siad á fhaire.

Bhí triúr acu ann gan a gceannaithe an-sonrach mar gheall ar an gceobhrán a bhí san aer agus mar nach raibh sé sách gar dóibh. Bhí a gcoirp i bhfolach ag a n-éide dhorcha. Má chuir brothall marbhánta an mheáin lae i lár mhí Lúnasa isteach orthu ní aithneofá sin.

Níor thuig Jason cén chaoi a bhféadfadh aon duine fanacht chomh socair sin, chomh fada sin agus teocht an lae ag tarraingt ar na nóchaidí. Shéid leoithne ghaoithe isteach ó Bhá Swansea ach níor thug sin aon fhaoiseamh. Déanta na fírinne, mhothaigh sé níos teo nuair a chuimil an leoithne dá éadan. Chas sé timpeall, é ag troid i gcoinne an fhoinn mhóir a bhí air rith.

'Céard atá mícheart?' a d'fhiafraigh Skinny, ag baint geite as.

'Tada.'

'Cén fáth mar sin a bhfuil tú ag stánadh ar an gcaisleán le deich nóiméad anuas?'

'Bhí mé ag brionglóideach.'

'Anois tá tú ag caint.' Stop Skinny ag caint soicind le glac de sceallóga caola a phacáil siar ina bhéal. Thosaigh sé ag caint ansin is a bhéal lán.

'Tá an ghrian chomh te sin agus go gcuirfeadh sé néal ar dhuine. D'fhéadfadh sí intinn duine a fhiuchadh istigh ina bhlaosc tar éis tamaill.'

Gháir Jason. B'in ceann de na cúiseanna ar thaitin comhluadar Skinny leis. Nuair a bhí sé in ísle brí, mar a bhí inniu, bhí acmhainn grinn neamhghnách a chara in ann ardú croí a thabhairt dó. Chúitigh sé fiú na nósanna gránna itheacháin a bhí ag Skinny. Mura raibh a leasainm searbhasach, bhí sé íorónta ar a laghad. Bhí an T-léine bhuí a chaith sé ar crochadh de ar nós im leáite, í os cionn bríste ghearr a bhí ar tí pléascadh ag an mbásta. Bhí éadan mór cruinn air le súile beaga muice a bhí méadaithe ag spéaclaí tiubha. Bhí a chraiceann breac le goiríní, a chuid gruaige fada agus gréisceach. Dá ainneoin sin bhí sé sásta de shíor, nach mór.

Bhí siad ina suí i ngairdíní an chaisleáin, áit a bhíodh néata, a cheap Jason, sula ndearna an chomhairle ciseach de. Bhí an slaod scairdeáin OK ach chronaigh sé uaidh na seanchrainn. Bhraith sé gur shúigh na hacraí coincréite a bhí timpeall air an teas as an aer agus gur mhéadaigh go mór é ar bhealach éigin. Bhí a dhéine á mharú. Bhí a fhios aige gur chóir dó a bheith sa bhaile ag ullmhú don téarma nua scoile agus don dara bliain den GCSE, a bhí ar tí tosú. Dá mbeadh bealach ar bith ann ina bhféadfadh sé é féin a spreagadh.

Bhí na sceallóga ite ag Skinny agus é ag baint gambaí as Big Mac.

'So, céard atá tú ag dul a dhéanamh?' a d'fhiafraigh sé, 'seachas bheith ag déanamh bolg le gréin.'

'Níl an fuinneamh ionam chun aon rud a dhéanamh,' arsa Jason, ag dúnadh a shúl. Thug solas te na gréine dath dóite dearg don taobh istigh de mhogaill a shúl. Bhí fuaimeanna na cathrach ag déanamh macallaí ina thimpeall. Thosaigh sé ag brionglóideach . . .

. . . isteach sa scáth fionnuar, áit a raibh cairde ag fanacht. Tá a n-aghaidheanna geal, iad gan bheocht beagnach ach ainneoin sin ní mhothaíonn sé aon fhaitíos. De réir mar a théann sé níos gaire, feiceann Jason brón mór ina súile agus tá an aoibh atá ar a n-aghaidh milis agus searbh. 'An caisleán!' a deir siad, guthanna dobrónacha ag líonadh chloigeann Jason, ainneoin nach gcorraíonn a liopaí.

'An caisleán . . . '

Bhí Skinny ag rá rud éigin i bhfad i gcéin.

'Céard?' a dúirt Jason de chogar codlatach.

'Níor inis tú riamh dom céard a bhí chomh spéisiúil diamhrach faoin gcaisleán.'

Nuair a d'oscail Jason súil amháin chun amharc a fháil ar an bhfothrach bhí an chuma air go raibh gach dath in easnamh sa solas. Duine ní raibh le feiceáil seachas na gnáthdhaoine a bhíodh ag dul thart gach lá, a bhformhór gléasta in uachtar faiseanta agus gan oiread is snáth d'éadach dorcha le feiceáil.

'Tada,' a dúirt sé d'osna, gan é ina dhúiseacht go hiomlán. 'Níl tada ann.'

'Má tá tú ag caint faoina bhfuil taobh istigh de do bhlaosc, seans go bhfuil an ceart agat,' arsa Skinny. 'B'fhearr dúinn éalú ón teas seo.'

'Táimse róthuirseach le bogadh,' arsa Jason.

B'in bréag, ach ní fhéadfadh sé smaoineamh ar thada eile. Ba í an phríomhchúis nár theastaigh uaidh bogadh ná mar gheall ar an bpian ghéar a bhí ina chuid easnacha ón oíche roimhe sin nuair a tháinig a athair abhaile agus gan cos faoi ag an ól is é ar thóir trioblóide. Cén chaoi a bhféadfadh sé insint do Skinny faoin eachtra, duine a samhlófá faoi nach raibh tada ar a aire sa saol aige ach a bheith ag gabháil dá thóin in airde lá i ndiaidh lae.

D'imigh uair an chloig thart. Shín siad siar ar an mbinse sa chiúnas, iad sásta éisteacht le fuaimeanna na cathrach in ionad éisteacht le guthanna a chéile. Bhí an trácht ag tormáil. Páistí ag gáire. Daoine fásta ag cúlchaint. Thar rud ar bith eile chuala siad siosarnach aigéadach an tslaoda scairdeáin, fuaim a scaip mothú fionnuaire, amhail tobar fíoruisce i lár bhrothall an ghaineamhlaigh.

'Sin é,' a d'fhógair Skinny. 'Táimse rósta. Thar am gluaiseacht.'

B'éigean do Jason a admháil go raibh an ceart aige. Rug sé ar chúl an bhinse, chun é féin a tharraingt suas, é ag brú cnead phéine faoi chois; na heasnacha ata ba chúis leis sin. Bhí a fhios aige dá mbainfeadh sé de a léine nach mbeadh le feiceáil faoi ar a chraiceann ach moll mór ball gorm agus corcra.

'Cá dtabharfaidh muid ár n-aghaidh?' a dúirt sé.

'Ar an trá?'

Sméid Jason, ag aontú leis. Cén deifir a bhí abhaile? Ag an tráth seo den bhliain bhí sé de nós ag a athair geallta a chur ar chapaill ag meán lae agus an chuid eile den lá a chaitheamh sa phub. D'fhéach Jason ar a jeans seanchaite agus a bhróga reatha stróicthe agus ghuigh go dtabharfadh a athair beagán airgid dó. B'fhéidir nach raibh cuma rómhaorga ar Skinny, ach ar a laghad bhí an chosúlacht air go ndearna a thuismitheoirí cúram éigin de.

Agus iad ag siúl leo ón gcaisleán thapaigh Jason an deis le súil amháin a chaitheamh ar an gcaisleán. Ainneoin an teasa rith griog reoite trína chnámh droma agus chrith sé ó bhun go barr. Bhí na trí neach dhorcha ansin arís, iad cuachta ina mbuíonta sna scáileanna amhail is dá mbeadh faitíos orthu roimh an solas. Ach amháin an uair seo go raibh a lámha sínte amach acu, iad ag impí air teacht ina bhfochair.

'Tar uait,' arsa Jason, ag iompú uaidh, 'sula mbíonn sé ródheireanach.'

Faoina seacht a chlog bhí leoithne fhionnuar ghaoithe tar éis ardú. Ba bhreá le Jason an t-am seo den lá. De réir mar a chaill an ghrian a cumhacht leath ceobhrán lag os cionn na bá rud a rinne cineál brionglóide den domhan ina thimpeall. Anseo d'fhéadfadh sé an cineál saoil a raibh sé ag tnúth chomh mór sin leis a shamhlú istigh ina intinn. Saol nach mbeadh aon argóintí ann, saol nach mbuailfí ann é, saol ina raibh a mháthair i láthair agus ní imithe as amharc in éineacht le fear a casadh uirthi ag an obair.

Thit gaineamh dá éadan nuair a chas sé timpeall a chloigeann le breathnú ar Skinny. Bhí a shúile dúnta ag

Skinny agus a bhéal oscailte. Bhí a bholg mór ag crith suas agus anuas de réir mar a d'análaigh sé. Ní fhéadfadh Jason gan meangadh a chur air féin.

'Hé, a cheoláin,' a ghlaoigh sé, ag sacadh a mhéire in easnacha a chara.

'Dúisigh, dúisigh.'

'Céard?' a chnead Skinny, ag díriú aniar de léim.

'Tá sé in am againn bogadh linn sula dtagann an taoide isteach sa mhullach orainn.'

Bhí sé ar intinn ag Jason dul díreach abhaile. Dúirt Skinny, afách, go raibh sé caillte leis an ocras agus d'áitigh sé go rachaidís abhaile an bealach fada trí dhul trí lár na cathrach. Thug siad a n-aghaidh ar an Kingsway, áit ina raibh rogha Skinny de shiopaí kebab, é neadaithe idir banc agus an bealach isteach chuig ceann de na stuaraí, a bhí blocáilte anois ag ráillí iarainn. Bhí an tsráid beo le daoine, a mbéicíl agus a ngáire á bplúchadh beagnach. D'éirigh Jason neirbhíseach. Bhí an t-atmaisféar beagnach pléascach. Ní raibh aon amhras air ach go bhféadfadh dea-spiorad an tslua pléascadh ina fhoréigean go héasca.

'Goile uait,' a bhéic sé go buartha ar Skinny trí fhuinneog shiopa.

B'fhada leis go raibh sé ag gluaiseacht ar an Kingsway arís, agus Skinny ag fágáil lorg de mheacain dhearga grátáilte agus de shlisíní cabáiste ina dhiaidh. Ba chóir don bhosca Styrofoam a bheith leagtha amach as a lámh céad uair cheana ach choinnigh sé greim air ar bhealach éigin. Bhí spota dearg ar a smig agus snas bealaithe ar a liopaí. Bhí sé éasca piocadh ar a leithéid mar ábhar grinn. Níor bhraith Skinny ann iad.

'Níor mhiste liom ceann eile acu sin a ithe,' a dúirt sé, ag lascadh an bhosca síos sa bhosca bruscair.

'Nach féidir linn bogadh linn?' a shnap Jason.

'Cén fáth a bhfuil tú chomh míshuaimhneach sin?'

'An áit . . . is cúis leis. D'fhéadfadh sé éirí gránna san oíche. Go háirithe ar an Satharn.'

'An mar sin é?' a dúirt Skinny, de ghuth searbhasach. 'So, tá an áit gránna, an bhfuil? Níl na daoine ná an t-ól ar fad atá déanta acu, ach tá an áit féin gránna?'

'Tá a fhios agat céard atá i gceist agam,' arsa Jason, aiféala air gur oscail sé a bhéal. Ceann de na cúiseanna nár thaitin Skinny le go leor daoine ná mar gur cheap sé go raibh sé níos cliste ná gach duine eile. Nuair a bhuailfeadh an giúmar é, d'fhéadfadh sé a bheith chomh bogásach agus chomh deonach sin gur bheag nach gcaillfeadh Jason, an cara ab fhearr a bhí aige, an cloigeann.

'An bhfuil tusa ag rá liom go bhfuil an chathair seo contúirteach? Amhail is dá mba rud beo . . .'

'Skinny.'

'Céard?'

'Dún suas. Níl an giúmar orm.'

'Do chomhairle féin.'

Shiúil siad leo go tostach nó gur shroich siad an pointe ar ghá dóibh scaradh le dul abhaile. De ghnáth, ba nós leo seasamh ansin ag comhrá ar feadh cúig nó deich nóiméad ag iarraidh fad breise a bhaint as an lá. Níor sheas anocht. B'fhéidir gurbh é an teas a bhí ag cur isteach orthu ach bhí an chaoi ar scar siad lena chéile sách borb, rud annamh. Gan fágtha eatarthu ach cineál leathgheallltanais go ndéanfaidís teagmháil lena chéile an lá dár gcionn.

Agus é ag déanamh a bhealaigh go tromchosach suas an cnoc chuig an eastát inar chónaigh sé, bhuail fonn Jason rith ar ais agus teacht suas le Skinny agus fanacht ag comhrá leis nó go mbeadh sé cinnte go raibh siad ina gcairde arís.

Ach chuir solas na gréine, a bhí ag dul faoi, faoi deara dó leanacht ar aghaidh. Theastaigh uaidh a bheith ina leaba sula bhfillfeadh a athair le tosú air. Mura mbeadh ní bheadh de rogha aige ach suí ansin ag éisteacht lena athair ag caitheamh maslaí leis, bíodh sé ag caitheamh leis gur duine gruama a bhí ann nó ag fiafrú cén fáth sa mhí-ádh nár chaith sé in aer an scoil le jab a fháil dó féin. Sea, ghlacfadh sé leis an íde seo gan a bhéal a oscailt. Bhí a easnacha tinn ón uair dheireanach a d'aisfhreagair sé é.

Nuair a shroich sé Townhill bhí an t-aer trom le boladh garg a tháinig ó thoit bharbaiciú. Bhí fuaimeanna éagsúla ag baint macalla as an eastát; gadhair ag tafann, innill á ndúiseacht le teannadh, ceol ag *thump*áil. Chuaigh grúpaí daoine thairis agus iad ag gáire, agus choinnigh sé a chloigeann faoi. Ní bheadh aon chiall le dul ag cuardach trioblóide ar na sráideanna nuair a bhí sé le fáil sa bhaile gan chúis gan iarraidh. Tabhair cúpla bliain eile dom, a smaoinigh sé dó féin agus beidh mé réidh leis an áit seo.

Bhí an teach folamh mar a bhí súil aige a bheadh. Chuaigh Jason díreach chuig an gcistin agus thóg canna Coke ón gcuisneoir, a shlog sé siar gan anáil a tharraingt. Bhain an cnoc níos mó as ná mar a cheap sé, go háirithe tar éis teas an lae. Bhraith sé allas ag silcadh as gach póir ina chraiceann le linn dó a bheith ag ól. Bhraith sé tugtha go tobann. Bhí fonn chomh mór sin air titim isteach ina leaba is nár fhéad sé fanacht níos faide agus ní hamháin lena athair a sheachaint. Thriomaigh Jason an canna, chaith isteach sa bhosca bruscair é agus chuaigh suas an staighre.

Bhain sé de a chuid éadaigh agus luigh sé ar an leaba agus é lomnocht. Chonacthas dó go raibh a sheomra leapa mar a bheadh oigheann ann ainneoin go raibh na fuinneoga oscailte. Bhí a scornach chomh tirim sin gur ghortaigh sé é a anáil a tharraingt, ach dá ainneoin sin bhí sé róthuirseach le gloine uisce a fháil dó féin.

Bhí smaointe ag dul timpeall ina chloigeann ar feadh tamaill fhada, chonacthas dó. Dá ghéire dá ndearna sé iarracht titim ina chodladh, ba mhó ina dhúiseacht a bhí sé. Ba bhreá leis dá mbeadh sé de mhisneach aige éalú ón mbaile. Le fírinne bhí an iomarca faitís air faoi céard a dhéanfadh a athair leis dá bhfillfeadh sé go maolchluasach agus b'in an t-aon toradh a d'fhéadfadh a bheith ar ghníomh dá leithéid. Bhí daoine ann arbh é a nádúr a saol a chaitheamh ar an mbóthar ach níor dhuine acu sin eisean. Ní bheadh seans aige leis féin.

I ngan fhios dó féin, thit Jason ina chodladh . . .

Bhí sé chomh deireanach sin go raibh na sráideanna folamh. Gan na tacsaithe féin timpeall. Bhí na scairdeáin is an slaod casta as. Go hard ceannasach os a chionn bhí fothrach an chaisleáin, iad i gcruth drámatúil ag solas na gealaí a bhí beagnach lán. Agus ansin, ag teacht amach as na scáthanna tá an triúr úd a chonaic sé tráthnóna.

Líonann guth cogarnach a cheann. 'Bhí a fhios againn go dtiocfá.'

'Cé sibhse?'

'Cairde. Theastaigh uainn an fhírinne a nochtadh duit.'

Theann siad níos gaire. Níos túisce bhí sé ag brionglóideach faoina n-aghaidheanna ach dhúisigh sé is gan aige ach cuimhne de bhrón is de bháine agus gan aon tuairim aige cén aois iad. Ina ainneoin sin, ghlac sé leis go raibh siad i bhfad níos sine ná é féin. Anois thuig sé gurbh ógánaigh iadsan, a fhearacht féin. Cailín agus beirt bhuachaillí cé gur dheacair idirdhealú eatarthu.

D'fhiafraigh sé go ciúin de féin ar thaibhsí iad.

'Tá muide chomh beo leatsa,' a dúirt an guth, amhail is dá mbeadh sé in ann a intinn a léamh ós rud é go raibh sé i láthair ina intinn. 'Ar bhealach difriúil.'

'Tá tú beo nó tá tú marbh,' arsa Jason, ag cúlú siar de réir mar a thug siad coiscéim eile ina threo. 'Ní féidir le haon rud eile a bheith ann.'

Féachann siad ar a chéile. Ansin síneann an cailín amach a lámh chuig Jason, fad a fhanann a comrádaithe socair. Má tá siad ag iarraidh gan é a scanrú tá teipthe orthu. Rithfeadh sé as éadan ach amháin go bhfuil smearthuiscint aige gur brionglóid atá anseo.

'Tar liomsa,' a deir an cailín, 'más é do thoil é.'

Cuireann doimhne na buartha atá ina glór iontas ar Jason. B'fhéidir nach bhfuil siad ach ag iarraidh cabhrú leis, tar éis an tsaoil. Agus ar aon nós dúiseoidh sé suas san fhíorshaol sula bhféadfaidh siad aon dochar a dhéanamh dó. Más é sin an aidhm atá acu, rud a bhfuil amhras anois air faoi.

Síneann Jason amach a lámh agus tógann lámh an chailín. Ar feadh nóiméid ní tharlaíonn tada.

Tuigeann sé ansin go bhfuil sé ag éirí go mall san aer gan aon iarracht uaidh féin. Níl sé in ann an cailín a fheiceáil *níos mó cé go bhfuil sé in ann í a mhothú. Plúchann an líonrith é ar feadh nóiméid sula mothaíonn sé lámh an chailín ag fáscadh a greama ar a lámh féin. Iompaíonn an faitíos ina éirí croí de réir mar a luasghéaraíonn sé chun na spéartha, nó go bhfuil Swansea ina luí thíos faoi ar nós samhail lasta suas go glórmhar. Nuair a fháisceann an cailín a lámh arís ritheann sruth ollmhór fuinnimh trína chuislí agus pléascann a intinn nó go dtimpeallaíonn an chathaoir iomlán.*

Is beag nach bhfuil Jason in ann gach ceantar, gach sráid agus gach duine a fheiceáil, a mhothú, agus fiú lámh a leagan orthu, beagnach.

Tá saolta daoine ina soilse feiceálacha sa dorchadas, tá an grá ina luisne the. Tá ceo dubh timpeall cúpla teach mar léiriú ar fhuath agus ar fhoréigean.

Tarraingítear é chuig áit ina bhfuil na seanfhoirgnimh mhaorga tite i léig, a gcuid fuinneog dúnta suas, a n-aghaidheanna salach agus ag imeacht ina smionagar. Codlaíonn daoine i mbéal a gcuid doirse agus gan acu ach toitíní agus fíon saor mar chomhluadar. Tá an ceo dubh i ngach áit, é chomh tiubh sin gur beag nach bhfuil ar a chumas blaiseadh den bholadh lofa, fad atá an chumhacht atá istigh ann féin tréigthe. Tá an teachtaireacht soiléir. Tá an chuid seo den chathair ag fáil bháis.

Ach cén bhaint atá aige seo ar fad leis féin?

'Lig dúinn taispeáint duit.'

Tharraing Jason a lámha siar ón gcailín. I bhfaiteadh na súl tá sé ar ais ag an gcaisleán.

'Níl mé ag iarraidh níos mó a fheiceáil,' a dúirt sé. 'Inis dom, go díreach.'

D'fhéach an triúr ar a chéile.

'*Teastaíonn tú uainne,*' *a d'admhaigh an guth, nóiméad níos deireanaí.* '*Teastaíonn do bhrí agus do spiorad uainn más mian linn maireachtáil.*'

Ní maith le Jason an méid a chloiseann sé.

'*Cén fáth mise?*' *a fhiafraíonn sé.*

Ardaíonn an cailín a lámh arís.

'*Teastaíonn muide uaitse. Más é do thoil é. Lig dúinn taispeáint duit.*'

'*Stop!*' *a screadann sé, ag dúiseacht . . .*

D'oscail sé a shúile agus stán isteach sa dorchadas ag súil le go stopfadh a chroí ag preabadh chomh tréan sin. Bhraith Jason mar a bheadh meadhrán air amhail is dá sciobfaí amach as saol amháin agus dá gcaithfí isteach i saol eile é. Bhí sé ina chiúnas sa teach agus ar an tsráid taobh amuigh agus bhí a fhios aige go raibh roinnt uaireanta an chloig imithe thart. Caithfidh sé gur thit an seanbhuachaill ina chnap codlata gan cur isteach ná amach air.

Lig sé osna faoisimh, a chuid smaointe ag imeacht le sruth ar ais chuig an mbrionglóid.

Cinnte, a mheas sé, caithfidh sé gurbh é fochoinsias a intinne a bhí ag cur eagair ar thaithí an lae a bhí caite aige agus ar a chuid smaointe freisin, is bhí á meascadh timpeall agus dá gcur timpeall ina cheann arís ina fantaisíocht amach is amach. B'fhéidir gur goin ghréine ba chúis le hosréalachas na brionglóide. Tar éis an tsaoil bhí sé féin agus Skinny tar éis i bhfad níos mó ama ná mar ba cheart dóibh a chaitheamh faoi theas na gréine.

Ach ar an taobh eile den scéal má bhí milleán le cur ar a shamhlaíocht, cén fáth a raibh sé ag rá leis go raibh cuid den chathair ag fáil bháis? Bhí sé ar an eolas faoi dhreo uirbeach ón scoil agus óna bhfaca sé lena dhá shúil féin gach lá ach níor chaith sé uaireanta an chloig ag déanamh imní faoi. Arís, céard a bhí i gceist ag an gcailín nuair a dúirt sí gur theastaigh siadsan uaidhsean?

Agus céard a thaispeánfadh sí dó dá dtógfadh sé a lámh an dara babhta?

Níor fhéad Jason aon cheangal a dhéanamh le haon rud a rinne sé ná le haon rud a tháinig isteach ina intinn le gairid roimhe sin. Ach níor fhéad sé ach oiread neamhshuim a dhéanamh den fhíric go bhfaca sé trí neach a bhí gléasta go dorcha ina seasamh ag an gcaisleán an tráthnóna roimhe sin. Mheas sé gurbh é an solas a chuir mearbhall air nuair a cheap sé gur theann siad ina threo. Anois ní raibh sé cinnte.

Agus, cé nach raibh sé in ann a thuiscint cén fáth, theastaigh uaidh a fháil amach go cinnte cén chúis a bhí leis seo go léir. Ar chúl a chinn bhí smaoineamh a bhíodh de shíor ag goilliúint air; cibé cén t-eolas a bhí an cailín ag iarraidh a nochtadh dó, bhí fíorthábhacht ag baint leis. Lig Jason osna. Bhí a fhios aige céard a bhí le déanamh aige agus scanraigh sé an t-anam as.

Thóg sé níos mó ama air an teach a fhágáil ná mar a cheap sé. B'éigean dó a bhealach a dhéanamh ag lámhacán ar nós príosúnaigh a bheadh ag iarraidh éalú – rud nach raibh i bhfad ón bhfírinne dá smaoineodh sé i gceart air. Bhí an tsiúlóid trí Townhill tapa agus gan aon eachtra, fiú má bhí sé cineál scanrúil i gciúnas moch na maidine. Mhoilligh Jason d'aon ghnó agus é ag tarraingt ar lár na cathrach. An rud deireanach a theastaigh anois uaidh ná go stopfadh na póilíní é.

Bhí sé ag tarraingt ar leath i ndiaidh a ceathair nuair a shroich sé an caisleán.

Bhí gach rud díreach mar a bhí sa bhrionglóid. Bhí na scairdeáin agus an slaod socair don oíche agus na sráideanna bánaithe – gan na tacsaithe féin ann. Os cionn an fhothraigh chloiche bhí an ghealach le feiceáil, is í beagnach lán. Baineadh stad as Jason nuair a chonaic sé na neacha ag teacht amach as na scáileanna. Thóg sé céim chun tosaigh ansin le bualadh leo.

Níor malartaíodh aon fhocail. Shín an cailín amach a lámh. Thóg Jason é . . .

Taistealaíonn sé os cionn Townhill, é ag féachaint síos ar a bhaile. Tá carranna na bpóilíní agus otharcharr taobh amuigh de, soilse gorma ag scalladh. Feiceann sé a athair agus glais lámh air is é á thionlacan ag beirt oifigeach. Tá cuma chaillte ar a aghaidh.

Féachann Jason air seo ar fad ag tarlú agus é ar a shuaimhneas, ní hionann is an slua comharsana atá bailithe ar an tsráid agus sceitimíní orthu, amhail is dá mbeadh sé tar éis cruinniú do chluiche peile. Díríonn sé a intinn siar go tréan, agus tá sé sa seomra suite láithreach, áit a bhfuil níos mó daoine bailithe. Tá sé soiléir gur bleachtairí iad cuid acu, agus tá an chosúlacht air gur dochtúir duine amháin acu.

Gluaiseann cúpla duine go dtí taobh an tseomra agus féachann sé síos ar a chorp féin. Tá a éadan ina mhasc fola atá ag triomú ina screamhóga. Níl a chliabhrach ag corraí . . .

Tarraingíonn sé a lámh ó lámh an chailín agus titcann

sé siar, é ar croitheadh chomh fíochmhar sin ionas gur shíl sé go dtitfeadh sé as a sheasamh. Ar feadh nóiméid cheap sé go raibh sé fós sáinnithe istigh ina bhrionglóid ach chuir an t-allas fuar a bhris amach ar a chorp in iúl dó go raibh sé san fhíorshaol.

'Cén fáth?' a chnead sé. 'Cén fáth ar thaispeáin tú é sin dom?'

Chuir an cailín meangadh ar a béal go brónach. An uair seo nuair a shín sí a lámh féin chuige, ní chun breith ar lámh s'aige a rinne sí é ach chun a éadan a mhuirniú . . .

Tá sé ina sheasamh i scáileanna an chaisleáin, ag faire. Tá neart ann, cumhacht dhea-mhéineach na cathrach, á chosaint ón saol mór, á chur i bhfolach ó shúile contúirteacha agus ó dhrochbheartaíocht. Tá a chairde leis agus tá siad ag faire freisin. I ngairdíní an chaisleáin trasna an bhóthair tá cailín le súile brónacha agus tagann dreach péine uirthi gach uair a chorraíonn sí. Mothaíonn sé brón ollmhór agus dúil as cuimse lámh chúnta a thabhairt. Trína tarraingt chuici féin, féadfaidh an chathair a fuinneamh óigeanta a úsáid chun a beogacht féin a choinneáil. Agus sábhálfaidh sí daoine eile ar a seal . . .

Níor theastaigh aon ghuthanna ina chloigeann ó Jason anois lena thuiscint céard a bhí á ofráil dó ag neacha an chaisleáin, agus céard a d'fhéadfaidís tairiscint do dhaoine eile.

D'fháisc mothúchán gonta scanrúil d'aiféala ina chliabhrach.

D'fhág sé slán ag Skinny, é ag labhairt i gcogar.

Thóg sé lámh an chailín ansin agus lig di é a threorú isteach sna scáileanna.

Saol Eile ar Fad a Bhí Ann

Nicola Davies

Tá Elin Roberts ag iompar clainne agus tá sean-Miss Gulliver marbh. Táim in ann tithe na beirte acu a fheiceáil ó fhuinneog mo sheomra leapa. Tá cónaí ar Elin in uimhir a seacht déag, an teach leis an doras tosaigh buí, agus bhí cónaí ar Miss Gulliver in uimhir fiche a trí. Bhí cnagaire airgid ar a doras liath dorcha.

Tá teagascóir baile ag Elin a thugann cúnamh di lena cuid obair scoile agus cuairteoir sláinte a thagann go rialta ós rud é go bhfuil sí ag iompar clainne. Níl sí chun an t-athair a phósadh mar go bhfuil a Mam chun aire a thabhairt don pháiste ionas go bhféadfadh Elin filleadh ar an scoil. Tá sí ag iarraidh cúrsa a dhéanamh i gCúram Páistí agus i bPleanáil Chlainne. Nuair a d'inis mé é sin do mo Neain, rinne sí gnúsacht bheag agus dúirt, 'Beagáinín mall lena aghaidh sin anois, nach bhfuil?'

Bhí cat *Siamese* ag Miss Gulliver, séacla de chat le súile gorma a bhíodh ina shuí san fhuinneog aon uair a bhíodh sí amuigh, í ag faire amach do Miss Gulliver nó go bhfillfeadh sí abhaile arís. Murach an cat sin, a raibh sé de nós aige fanacht ag an bhfuinneog, ní thabharfadh aon duine faoi deara go raibh tada as cor. Tá an cat úd ansin anois san fhuinneog ag faire, ainneoin nach dtabharfaidh an cónra a thug chun bealaigh Miss Gulliver abhaile choíche anois í.

Labhair mé léi Dé Sathairn seo caite. Bhí mé ar mo bhealach chuig oifig an phoist le cúig stampa a fháil agus bhí sí ag teacht anuas na céimeanna cloiche ag an nóiméad céanna. Mar ba nós léi bhí éadaí liatha á gcaitheamh aici; cóta agus hata liath agus seanmhála láimhe liath. Thug mé faoi deara go raibh ribí bána d'fhionnadh cait ar a cóta agus rith sé liom ag an am go gcaithfeadh sé go raibh sí buíoch as comhluadar an chait. De ghnáth, ba nós léi a bheith ag féachaint síos ar an talamh agus í ag siúl amhail is nár mhaith léi go dtabharfaí faoi deara í. Ach an babhta seo rinne sí caol díreach ormsa agus stán san aghaidh orm.

'Is tusa gariníon Bet, nach tú?' a dúirt sí, is gan aon mheangadh ar a béal.

'Is mé, Miss Gulliver.' Bhí mé múinte, ach airdeallach. Ní shílim gur labhair mé i gceart riamh cheana léi, ach amháin le beannú di.

'Céard a ghlaonn tú uirthi? *Gran*, an ea?'

'Ní hea, Miss Gulliver. Neain a ghlaoim uirthi.'

'Tá tú cairdiúil leis an Elin Roberts úd, nach bhfuil?'

'Seanchairde,' a dúirt mise. Bhí imní ag teacht orm faoi Miss Gulliver. Ní raibh aon chiall lena cuid ceisteanna. Agus í ina cónaí léi féin mar sin, d'fhéadfadh sé go raibh dearmad déanta aici ar ealaín an chomhrá.

'An fíor a bhfuil á rá acu? An bhfuil Elin ag súil le páiste?'

'Is fíor, Miss Gulliver. Tá sé go deas a bheith ag caint leat ach caithfidh mé imeacht anois. Tá na stampaí seo ag teastáil ó mo Mham láithreach. Agus tá aiste le scríobh agam.'

Bhí mé féin tar éis tosú ag caint ar an tslí chéanna léi féin anois.

'Tabhair teachtaireacht do do Neain dom, an dtabharfaidh?' a dúirt sí, ag leagan a láimhe go cineálta ar mo lámhsa. 'Abair le do Neain go ndúirt Miss Gulliver go dteastaíonn a cairde ó Elin anois.'

Chuir sí faoi deara dom an teachtaireacht a athrá ina diaidh: 'Dúirt Miss Gulliver liom a rá leat go dteastaíonn a cairde ó Elin anois.'

Gheall mé go dtabharfainn an teachtaireacht do Neain; gheallfainn rud ar bith di ag an nóiméad úd le go bhféadfainn imeacht uaithi. Ach faoin am ar shroich mé an cuntar, bhí sé imithe glan as m'intinn. Níor smaoinigh mé arís air go dtí anois, agus í marbh.

Tá na cuirtíní tarraingthe acu ina seomra tosaigh agus tá a deartháir Elvet, nár thug cuairt riamh uirthi nuair a bhí sí beo, ag iompar a gléas teilifíse amach chuig a charr. Tá sé isteach is amach ina teach ó mhaidin ag crochadh rudaí leis sula bhfilleann a dheirfiúr eile, Bronwen, as Ceanada. Meastú céard a cheapfadh Miss Gulliver faoina troscán a bheith ag imeacht i gcarr Elvet? Choinnigh sí í féin chuici féin, Miss Gulliver, agus bhí líonchuirtíní aici ar chuile fhuinneog. Anois tá chuile dhuine in ann a cuid seod a fheiceáil; a cuid citeal copair lonrach agus a hotamán glas leathair. Tá siad ar fad ar an suíochán cúil i gcarr eastáit Elvet.

'Is é an *video* an chéad rud eile,' arsa mo Neain, atá ina seasamh le mo thaobh ag an bhfuinneog. 'Tá a fhios aige nár thug Bronwen aon chuairt uirthi le blianta agus nach mbeidh a fhios aici céard a bheas ar iarraidh.'

'Cuirfidh mé geall leat go dtabharfaidh sé leis an slám sin abhaile, agus go mbeidh sé ar ais ar thóir an *video*.'

Tagann Elin Roberts amach as a teach, féachann suas agus croitheann a lámh orm. Tá sí ag caitheamh blús pastal glas síoda agus bríste mór dubh. Croithimse mo lámh uirthise, áthas orm gurb ise is nach mise atá ag súil. Níl aon chion faoi leith agam ar pháistí.

'Le mo linnse,' arsa mo Neain, 'd'fhanadh cailín óg mar ise i bhfolach le náire, agus ní bheadh sí á taispeáint féin don saol mór. Caithfidh sé go bhfuil sí ag súil le seacht mí anuas anois, agus tá a chosúlacht uirthi. Shílfeá go bhfuil sí ag iompar cúpla.'

Bás agus saol nua ar an tsráid chéanna, agus iad i bhfoisceacht cúpla doras dá chéile. Cheapfá gur mó imní a chuirfeadh bás Miss Gulliver ar mo Neain agus an aois ina bhfuil sí féin, cheapfá sin. Ach is mó go mór an imní atá uirthi faoi chás Elin.

'Gan í sé déag fós, an bhfuil? Nach bhfuil sí i do rangsa, a Ceris?'

'Tá sí dhá mhí níos sine ná mé, a Neain. Sé déag an mhí seo chugainn.'

'Is é an t-oideachas gnéis úd is cúis leis seo ar fad; ag cur smaointe isteach ina gcloigne. An méid déagóirí atá ag iompar. Ní raibh tada de sin ann le mo linnse.'

'Sea, a Neain. Ní bhíodh aon duine ag iompar clainne le do linnse?'

Caithfidh sé go raibh an comhrá seo againn milliún uair cheana. Agam féin is ag Neain. Táim á freagairt mar seo i ngan fhios dom féin.

Smaoiním ar Miss Gulliver, agus tagann eagla orm. Bhí sise óg í féin tráth, nach raibh? Mo dhála féin. Chuaigh sí ar scoil agus smaoinigh ar ionad a aimsiú di féin sa saol, díreach cosúil liomsa. Agus tá sí marbh anois agus gan aon duine beo ann lena cronú seachas an cat.

'Ar ais a chodladh,' a deir Neain. 'Nó tiocfaidh slaghdán ort arís.'

'Ní thiocfaidh. Beidh mé do mo ghléasadh féin chomh luath agus a imíonn tú síos an staighre!' B'fhearr liom mura ndéanfadh Neain an oiread peataireachta orm. Níl ann ach drochshlaghdán. B'fhearr liom mura n-iarrfadh mo thuismitheoirí ar Neain aire a thabhairt dom fad atá siad ag obair. Anois céard a déarfá! Féach Elin trasna an bhóthair ansin agus í ag súil le seacht mí nuair atá feighlí linbh agamsa!

'Déanfaidh mé braon súip duit,' arsa Neain. 'Rud éigin éadrom agus beathúil.'

'Cuireann tú fógra teilifíse i gcuimhne dom,' a deirimse. '*Níl a shárú ann – snas bróg Mhamó, é éadrom agus beathúil.*'

Tá meadhrán i mo chloigeann tar éis trí lá sa leaba. Anois go bhfuil Neain cruógach sa chistin cuimhním ar an méid a dúirt Miss Gulliver liom an uair úd. Ós rud é go bhfuil sí marbh faoi seo, agus chuile chosúlacht ar an scéal nach labharfaidh sí choíche arís liom, braithim tábhacht faoi leith lcis an uair úd ar labhair sí liom.

Tagann brón orm nuair a smaoiním air gur mhair sí ar feadh beagnach seachtó bliain agus nach bhfuil tada anois ann lena cur i gcuimhne do dhaoine. Bhí sí marbh le dhá lá sula ndearna aon duine iontas de go raibh an cat le feiceáil go fóill san fhuinneog.

B'fhearr liom gan Neain a bheith ag déanamh scéal mór díom. Dúirt mé nach raibh an súp trátaí uaim, agus d'oscail sí canna súip uachtar sicín. Cé a dúirt go raibh mé ag iarraidh súip, ar aon nós?

'Breathnaigh, a Neain, is féidir leatsa an súp a bheith agat. Táimse chun cúpla ubh scrofa a ullmhú dom féin. An ndéanfaidh mé ubh bhreise duitse? Is uibheacha saor-raoin iad.'

'Uibheacha saor-raoin ar fad a bhíodh ann le mo linnse,' a deir sí. 'Níor ghá d'aon duine lipéad a chur ar bhosca; d'fhéadaimis iad a fheiceáil ag rith thart.'

'Na huibheacha?' a d'fhiafraigh mé, go soineanta, mar dhea. 'Bhí na huibheacha ag rith thart, a Neain?'

'Ná bíodh tusa ag iarraidh a bheith glic!' a deir sí. 'Sin an t-aos óg duit! Ní mórán ómóis a thaispeánann tú dom, a bhean óg uasal.' Ach tá meangadh gáire uirthi agus í á rá seo.

'Neain,' a deirim. 'Tá tú ar comhaois le Miss Gulliver, nach bhfuil?'

'Is fíor sin,' ar sise. 'Shuigh muid taobh le chéile i rang na naíonán!'

'Ní dúirt tú riamh go ndeachaigh tú ar scoil léi.'

'Cheap mé go raibh a fhios agat go ndeachaigh,' a dúirt sí. 'Chuaigh, go deimhin. Bhí Linwen i mo rang. Dlúthchairde a bhí ionainn tráth.'

Dlúthchairde? Mo Neain agus Miss Gulliver? Nárbh

aisteach na cairde iad, a déarfainnse. Ní fhaca ná níor chuala mé riamh iad ag beannú dá chéile.

'Thug sí teachtaireacht dom le tabhairt duit an tseachtain seo caite ach rinne mé dearmad glan air go dtí anois.'

'Teachtaireacht?'

'Ní raibh mórán céille le baint as. Rud éigin fútsa agus go mbeadh ort a rá liom fanacht cairdiúil le hElin!'

Rinne mo Neain slogadh de chineál éigin agus tháinig dath bándearg ar a haghaidh.

'A Neain,' a deirim, 'an bhfuil tú ceart go leor?'

Shílfeá gur reoigh sí i lár gnímh éigin, a spúnóg shúip fágtha crochta san aer aici. Caithfidh sé gur fhan sí deich soicind iomlána ina staic ansin sular ísligh sí an spúnóg.

'Í féin a tharraing uirthi é,' a dúirt sí. 'Bhí a fhios ag Linwen céard a tharlódh. Náirigh sí a teaghlach agus a cairde. Cuireadh cosc ormsa aon bhaint a bheith agam léi.'

'Neain, an bhfuil tú ag rá go raibh . . . go raibh páiste ag Miss Gulliver? Ach céard a tharla dó?'

'Uchtaithe,' arsa mo Neain.

'Buachaill nó cailín?'

'Focal amháin eile níl le rá faoi mar scéal,' arsa mo Neain. 'Beidh do thuismitheoirí ar ais faoi cheann leathuaire.'

Lá arna mhárach nuair a tháinig mo Neain bhí beart mór á iompar aici.

'Tabhair iad seo do do chara Elin,' a dúirt sí. 'Roinnt éadaí cniotáilte atá ann don pháiste. Agus ná breathnaigh mar sin orm. Ní ormsa atá an milleán faoi Linwen. Saol eile ar fad a bhí ann le mo linnse.'

An Chéad Uair

Steve Lockey

Tá Rhys Edwards ina shuí ar sheanbhinse páirce atá caite agus briste, é ag cuimilt screamhóige den phéint uaine atá ag éirí den bhinse idir a mhéara.

Tá buidéal briste saghdair caite i leataobh uaidh, é ina luí go contúirteach san fhéar lena thaobh. Tarraingíonn an buidéal a aird ar feadh nóiméid mar go bhfuil an ghrian ag scaladh air. Féachann sé go brionglóideach ar ghrúpa buachaillí atá ag imirt peile ach tá sé dall orthu taobh amuigh de sin.

Tá na buachaillí ag screadach ar a chéile ag iarraidh na liathróide agus tá saothar ar bheirt de na buachaillí is sine ag an tsíorthráchtaireacht atá ar bun acu.

'Tugann Giggs leis an liathróid chuig imeall na cearnóige, déanann amadán ceart den chosantóir agus tarraingíonn uirthi!'

Buaileann an liathróid i gcoinne cairn chótaí atá ansin mar phosta.

'Ó,' a deir an slua nuair a theipeann ar an ógánach curadhiarracht a dhéanamh. 'Siúráilte, caithfidh sé nach bhfuil ann ach ceist ama anois nó go scórálfaidh sé.'

Ní chloiseann Rhys é seo. Tá sé róghafa lena smaointe pearsanta féin, é trína chéile ós rud é go bhfuil sé ar ais san áit seo arís tar éis an méid sin ama.

An chéad uair a chuala sé guth an chailín – cheapfá nach raibh ann ach mar a bheadh deireadh gach glaoch gutháin a dhéanfadh sé chuig a mháthair agus an glaoch crosáilte – 'Heileo, Eddie,' a deireadh an guth. 'Bhí mé ar do thóir.'

Bhris sé an ceangal ansin, é ag mothú go raibh sé ag cúléisteacht le glaonna duine éigin eile. An t-ainm, a chuala sé ar éigean, greamaithe ina intinn. Ba é a ainm féin é, nó ba é ar aon nós dhá bhliain níos túisce sula ndeachaigh sé chuig an gcoláiste. Baistíodh an t-ainm air nuair a thosaigh sé ar scoil i dtosach agus ós rud é gur fhan an grúpa céanna cairde le chéile nó go raibh siad ocht mbliana déag, d'fhan an t-ainm leis. Ach bhí sé in ann a shaol a thosú as an nua nuair a chuaigh sé ar an gcoláiste, áit a raibh cairde nua aige. Rhys an t-aon ainm a thugadar sin air.

D'aithin sé an guth, cé nach raibh sé in ann cuimhneamh ar an té ar leis é ná ainm a chur air. Ach bhí sé cinnte nach guth cara a raibh sé mór leis faoi láthair a bhí ann ach guth ó am éigin ina shaol roimhe sin. Ní hé amháin ó thaobh úsáid a ainm de, ach freisin mar gheall ar an mblas cainte, blas Swansea. Ó d'aistrigh sé go Bristol bhí sé tar éis eolas a chur ar theanga nua ar fad, teanga a raibh a chuid féin déanta aige di, fiú tar éis dhá bhliain.

Bhí go leor smionagair eile ag gobadh isteach san

fhuaim gheal agus stadach a lean glaonna eile sular chuala sé ainm eile. Ainm a d'athraigh gach rud. Siân.

Ghluais cogar na cuimhne ag lámhacán isteach ina intinn ar nós cuairteora nach mbeadh fáilte roimhe.

In aon soicind amháin bhí a chuimhní aistrithe ar ais chuig an bpáirc nár thaobhaigh sé ó d'fhág sé an baile. Smaoinigh sé ar an mboladh a bhí ón bhféar tais agus ón labhandar geimhridh an oíche úd sular imigh sé le dul ar an ollscoil. B'in í an uair dheireanach a chonaic sé Siân Lewis. B'in an oíche ar éirigh leis í a mhealladh le luí leis, an chéad uair a raibh caidreamh gnéis aige.

Tá duine de na buachaillí atá ag imirt peile ag caoineadh, cé gurb ar éigean a thugann Rhys é sin faoi deara. Sciobann an buachaill cóta ó cheann de na cairn agus ritheann i dtreo an gheata atá ag ceann eile na páirce. Tugann sé leis an liathróid agus screadann ar ais ina dhiaidh ag fógairt nach dtabharfaidh sé amach arís í. Gan imní dá laghad, tógann duine de na buachaillí eile amach liathróid leadóige agus tosaíonn an cluiche i ndáiríre.

Tharla sé san fhéar fada, in aice na háite ina raibh Rhys ina shuí. Bhí an eachtra pleanáilte lena fheargacht a chruthú sula dtosódh sé saol nua. Thug sé amach í cúpla uair roimhe sin ach ní raibh ansin ach ullmhúchán don oíche sin. Aisteach nár smaoinigh sé beag ná mór ó shin uirthi. Anois, ní raibh sé in ann smaoineamh ar thada eile. Ainneoin a mhíle dícheall ní fhéadfadh sé fiú cuimhneamh ar a héadan. Bhí gruaig rua uirthi agus í ag caitheamh sciorta deinime agus léine bhándearg an oíche úd. Ach b'in a raibh sé in ann cuimhneamh air. Scríobh sé chuici ar a chéad lá ar an ollscoil ach níor fhreagair sí riamh é. Lig sé dó féin dearmad a dhéanamh uirthi ansin. Ní bhfuair sé amach an fhírinne fúithi nó go raibh na glaonna ag cur isteach air agus go raibh a dhóthain imní air le ceist a chur ar a mháthair faoi Siân Lewis.

Caithfidh sé gur chuala sé faoin timpiste, a dúirt a mháthair, faoin gcaoi a raibh Siân ag siúl abhaile léi féin oíche amháin – bhí sí cinnte gurbh í an oíche í sula ndeachaigh sé chuig an gcoláiste – agus faoin gcaoi ar bhuail carr í. Dúirt an tiománaí gur shiúil sí díreach amach roimhe. Bhí a mháthair cinnte gur inis sí dó. Ach dá ainneoin sin, bhí Rhys cinnte nár inis.

Is i ndonacht a chuaigh cúrsaí ón nóiméad sin. Gach uair dá mbuailfeadh an teileafón, phiocfadh sé suas an glacadóir agus chloisfeadh sé guth Siân ag impí air teacht abhaile. Tar éis dhá mhí, ar éigean go bhféadfadh sé cur suas leis níos faide. Bhí sé ag déanamh faillí ina chuid oibre agus ghlaoigh an teagascóir air le go mbeadh 'comhrá cairdiúil' acu lena chéile. Ach ba chosúla le foláireamh dó é, a chaighdeán a ardú.

'Ta tú ag iarraidh leanacht ar aghaidh le do chúrsa, nach bhfuil?' a dúirt a theagascóir. Bhuail an guthán ag an nóiméad sin. Mhothaigh Rhys an ghruaig ag éirí ar chúl a chinn agus braonta allais ag briseadh ar a bhaithis.

'Tá brón orm,' a dúirt an teagascóir. 'Níl aon duine ar a nglaoitear Eddie anseo.'

Is le deacracht mhór a choinnigh Rhys guaim air féin agus idir eagla agus olc air. Taobh istigh de dhá uair an chloig bhí sé ar an traein agus ar a bhealach abhaile.

Ón áit ina bhfuil sé ina shuí anois tarraingítear a aird arís ar loinnir na gréine ar ghloine uaine, grian atá ag dul faoi ar chúl sraith phoibleog. Gloine uaine an bhuidéil saghdair. Saghdar. Saghdar agus drochanáil. Bíonn a chéadfaí ag dul timpeall arís nuair a smaoiníonn ar an eachtra agus cuimhníonn ar bholadh milis ceasúil na n-úll. Saghdar agus drochanáil. Cheap sé i gcónaí gur trí mhealladh rómánsúil a fuair sé an lámh in uachtar ar a chéad chailín, ach anois cuimhníonn sé ar an bhfírinne. Cuimhníonn sé ar an gcaoi ar chuir sé brú ollmhór uirthi bheith ag ól ionas go ngéillfeadh sí dó níos éasca nuair a dhéanfaidís suirí ar an bhféar. Ní fíon groí fiú a thug sé di ach buidéal saor saghdair ón ollmhargadh.

Lasann na lampaí uaine iarainn sa chlapsholas, atá ag soilsiú an chosáin tríd an bpáirc le cuimhne Rhys. Tá na buachaillí tar éis éirí as a gcluiche agus tá siad ag bailiú a gcótaí. Bíonn sé ina gháire agus iad ag tabhairt uillinneacha agus guaillí dá chéile. Briseann gráscar amach idir beirt de na buachaillí ach ní mhaireann sé ach nóiméad nó mar sin agus bíonn an chosúlacht air gur seanchairde iad ina dhiaidh sin is uile.

'Heileo Eddie,' a deir guth taobh thiar de, an guth atá á ithe de ló is d'oíche. 'An bhfuil tú i bhfad ag fanacht?'

'Nílim', a deir sé. 'Ní i bhfad.'

Casann sé timpeall ar an mbinse chun aghaidh a thabhairt ar an gcailín. Gan í mórán thar cheithre bliana déag. Cúig bliana déag ar a mhéid. Tá a gruaig ar an dath céanna, de réir mar ba chuimhin leis, a cruth óg i gcónaí. Óg, seachas na logáin dhubha atá in áit a súl.

'Táimse,' a deir sí, 'táimse ag fanacht le fada.'

Croitheann sí lámh leis agus mothaíonn sé fuaire a colainne ina choinne féin sa tslí go dtagann creatháin air in aghaidh a thola. Treoraíonn sí i dtreo an fhéir fhada é. Níl sé in ann cur ina coinne. É ar fad dosheachanta.

'An cuimhin leat?' a fhiafraíonn sí, ach leanann ar aghaidh gan cead a thabhairt dó freagairt. 'Cuimhním air amhail is dá mba inné a tharla sé. Ní raibh mé ag iarraidh é a dhéanamh, bíodh a fhios agat. Dúirt tú nach raibh tú ag iarraidh ach do lámh a leagan orm. Ba chuma liom faoi sin, ach b'fhéidir gurbh é an saghdar a bhí ólta agam a bhí ag caint.'

Stopann sí ag caint ar feadh soicind agus mothaíonn seisean go bhfuil sí ag féachaint isteach go domhain ann. Feiceann sé ansin nach bhfuil aon súile aici.

'An cuimhin leat an chaoi ar theastaigh uait go n-osclóinnse cnaipí mo léine ionas go bhféadfá a bheith ag breathnú orm, in áit iad a oscailt tú féin?'

Ní cuimhin leis, ní ar an gcaoi seo ar aon nós. Teastaíonn uaidh breathnú treo éigin eile go géar de réir mar a scaoileann sí na cnaipí agus nochtaíonn a cíochbheart a chlúdaíonn cíocha óga. Ní fhéadfadh sé seo a bheith ag tarlú, ní fhéadfadh gur tharla. Chuimhneodh sé air, nach gcuimhneodh? Ach ba í fírinne an scéil nár theastaigh sin uaidh riamh.

Tá a léine ag sileadh anuas go scaoilte agus tarraingíonn sí é ina treo, í ag brú a lámh ar a cíocha.

'Póg mé,' a deir sí.

Brúnn sí a béal i gcoinne a bhéil, agus braitheann sé go bhfórsálann liopaí an chailín a liopaí féin ar oscailt.

104

Tá sé ag iarraidh rith, rith chomh tréan agus atá sé in ann ach níl aon mhothú ina chosa. Tá a bhéal tirim, amhail is dá mbeadh sé ar tí cur amach agus tagann fonn air caitheamh amach, de réir mar a bhrúnn a teanga isteach. Déanann sé iarracht eile imeacht uaithi ach tá liopaí Rhys greamaithe de liopaí an chailín. Corraíonn a teanga agus iompaíonn ina leacht, dar leis, ina bhéal. Slogann sé in aghaidh a thola agus gluaiseann sruthanna scanraidh trína chorp. Níl sé in ann tada a fheiceáil ach amháin a logaill fholmha de réir mar a bhrúnn sí í féin níos gaire dó, agus spléachadh ar rud éigin ag gluaiseacht sa duibheagán amach uaidh.

Briseann sí uaidh, ag gáire, agus caitheann sé smugairle amach, a bhfuil blas lofa agus dreoite air ar an bhféar. Tá sé ag iarraidh a rá go bhfuil brón air, nár theastaigh uaidh go dtarlódh sé go deo. Seachas rud ar bith eile tá sé ag iarraidh a rá léi imeacht ach faigheann na focail bás ina bhéal. Díreach mar a rinne sí féin.

Bíonn sé á faire, de réir mar a sheasann sí agus straois uirthi, meangadh gáire – ar a béal, a nochtann níos mó fiacla ná mar ba chóir a bheith i mbéal ar bith.

Níl ar a chumas a shúile a thógáil di de réir mar a fháisceann a craiceann go teann i gcoinne a cuid easnacha nó go mbriseann a cnámha tríd. Titeann sí as a chéile ansin nó go bhfuil sí ina neamhní.

San áit ar chaith sé smugairle ar an bhféar tá rud éigin dubh agus lonrach ag lúbarnaíl, agus imíonn as amharc síos sa talamh.

Nóta faoi na hÚdair

An tAistritheoir, Micheál Ó Conghaile:

Is scríbhneoir agus aistritheoir aithnidiúil é **Micheál Ó Conghaile**, as Conamara, Co. na Gaillimhe. Tá cnuasaigh ghearrscéalta, filíocht, taighde stairiúil agus úrscéal foilsitheoireachta aigc, agus is é a bhunaigh an comhlacht foilsithe Cló Iar-Chonnachta. Fuair sé ardmholadh as an aistriúchán Gaeilge a rinne sé ar *Banríon Álainn an Líonáin*, dráma Martin McDonagh, *The Beauty Queen of Leenane*. Is é an nóibhille, *Seachrán Jeaic Sheáin Johnny*, an saothar is deireanaí uaidh.

Na Scríbhneoirí:

Tá duaiseanna bainte ag **Nicola Davies** mar dhrámadóir, mar iriseoir, agus mar scríbhneoir. Scríobhann sí léirmheasanna teilifíse agus scannán agus múineann sí an scríbhneoireacht chruthaitheach. Tá dúil mhór aici sa gharraíodóireacht, nuair nach mbíonn sé ag cur báistí, agus deir sí go mbeadh a saol go hiomlán difriúil dá mbeadh sí sé orlach níos airde.

Is file agus úrscéalaí í **Catherine Fisher**, agus is as Newport in Gwent í. I measc na leabhar atá scríofa aici tá *The Snow Walker Trilogy* (Red Fox), *The Candle-man* (Red Fox), *Belin's Hill* (The Bodley Head), agus *The Hare and Other Stories* (Pont).

107

Tá **Catherine Johnson** ina cónaí i Londain. Tá roinnt gearrscéalta agus úrscéalta scríofa aici: *Sophie's Ghost* (Pont), *The Last Welsh Summer* (Pont), agus *Other Colours* (The Women's Press).

Is iriseoir é **Paul Lewis**, ach is scriptscríbhneoir é chomh maith a scríobh ábhar do *Spitting Image* agus *Hale and Pace*, i measc rudaí eile. Foilsíodh scéalta dá chuid in *Fantasy Stories* agus in *Ghost Stories* (Robinson).

Foilsíodh gearrscéalta le **Steve Lockley** i suas le tríocha iris agus cnuasach, agus tá sé féin agus Paul Lewis ina n-eagarthóirí ar an tsraith de chnuasaigh uafáis darb ainm *Cold Cuts*. Tá sé pósta, tá beirt pháiste óga aige, agus tá sé ina chónaí in Swansea.

Tá **Brian Smith** ina chónaí i ngleann Swansea, áit a mbíonn sé ag obair chomh maith. Tá spéis aige sa léitheoireacht (ar ndóigh), sa scríbhneoireacht agus in aon rud a bhfuil baint aige leis na Ceiltigh nó leis na Dúchasaigh Mheiriceánacha. Is maith leis filíocht, ceol Soul agus siúlóidí faoin mbáisteach. Is é 'Beo Ar Éigean' a chéad scéal do dhéagóirí.

Nuair nach mbíonn sí ag scríobh, bíonn **Jenny Sullivan** ag eagrú ceardlann scríbhneoireachta do dhaltaí scoile ar fud na Breataine Bige. Tá sí ina cónaí in Raglan, Monmouthshire, lena fear céile cráite, agus tá triúr iníonacha fásta aici. Is iad *The Back End of Nowhere*, *The Magic Apostrophe*, *The Island of Summer* agus *Dragonson* na leabhair atá foilsithe aici, iad go léir le Pont.

Foclóirín

Sách Sean

bábóg	doll
balscóideach	blotchy
baoite	bait
briosc	brittle
brobh	blade, stem
cliabhán	cradle
cling	ring
clúmhach	downy, feathery
cóilis	cauliflower
crágach	having large hands
daba	blob, lump
doirt	spill
duirling	stony beach
dúnmharú	murder
eangach	net
feosaí	wizened, shrivelled
fual	urine
ginmhilleadh	abortion
gliograch	jingling, rattling
glóthach	jelly
imir	tint, tinge
luamh	yacht
miotóg	glove
mísc	mischief
múchtóir tine	fire extinguisher

prislíní	dribble
sáinnithe	stuck
sealla	chalet
spochadh	teasing
stuara	arcade
taise	dampness
teolaí	cosy
uachtarúil	creamy

Beo Ar Éigean

barrúil	funny
brathadóireacht	treachery
caismirt	din, commotion
cár	grimace
cláruimhir	registration number
cliseadh	failure
coscáin	brakes
creachadóireacht	marauding, plundering
cúb	cower, shrink
cúr	foam
dornálaíocht	boxing
fálróid	saunter, stroll
fealladóireacht	treachery, betrayal
fiosrach	curious
gin	generate
gnúsacht	grunting
maistín	bully
méadaíocht,	
(dul i m.)	grow up

mídhleathach	illegal
muiríne	marina
pleist	flopping sound
putachaí	young children
saighid	incite, provoke
sceitheadh	overflow, pour out
seile	saliva
seitreach	neighing, whinny
sparra	iron bar
spleodar	cheerfulness, vivacity

Ag Dreapadh an Dréimire

buantonn	perm
díoltas	revenge
doirteal	sink
gadaíocht	theft
gnóthach	busy
grua	cheek
gruagaire	hairdresser
luisne	blush
milleán	blame
mórtasach	proud
piachánach	hoarse
pionsúiríní	tweezers
plab	slam
plúchadh	asthma
raca	comb
radaireacht	ranting
rámhaille	raving

réchúiseach	unconcerned, indifferent
sciorr	slip
scipéad	till
smolchaite	threadbare, shabby
smugaíl	snuffle
sraothartach	sneeze
suaitheantas	badge
suasóg	yuppie
táille	fee
tástálacha	tests
togair	desire, choose
triomadóir	dryer

An Scáthán

áiléar	attic
ata	swollen
bior (ar b.)	impatient
brúchtadh	erupt
búir	roar
ceimiceán	chemical
clapsholasach	twilight
cleitearnach	fluttering
cliabhrach	chest
clúmhach	fluff
cnead	grunt
crág	claw, paw
crónán	humming, murmur
crúcáil	claw, clutch
dímheasúil	disrespcctful

díomhaoin	idle
díoscán	creaking, grinding
dreoilín	wren
drithlín	twitch
druid	starling
eiteoga	wings
feanléas	fanlight
foluain (ar f.)	hovering
folúsghlantóir	vacuum-cleaner
fonóid	mockery, decision
frídín	germ
fústrach	fussy, fidgety
glioscarnach	glistening, glitter
greadadh	beating, trouncing
griog	tease, tantalize
ingne	nails
léibheann	landing
leoithne	breeze
log	hollow
lus an chromchinn	daffodil
meangadh	smile
meascán mearaí	bewilderment, confusion
míshocair	uneasy, restless
néaróg	nerve
preabach	jumping, bouncing
pribhéad	privet
ríméadach	delightful
rúitín	ankle
rúndiamhair	mystery
sáinn (i s.)	in a fix
scuaine	queue

seafóideach	silly, nonsensical
siosarnach	hissing, whispering
slóchtach	hoarse, throaty
snáthaid	needle
spideog	robin
sracfhéachaint	glance
straidhn	strain
taibhsiúil	ghostly, spectral
taipéis	tapestry
teannasach	tense
tuargaint	thumping
tuirling	land

Díreach ar nós Deirfiúracha

aiféaltas	regret
barróg	hug
cantalach	peevish
cianta (leis na c.)	for ages
ciarsúr	handkerchief
cnapán	lump
comhcheilgeach	conspiratorial
corróg	hip
cosmaid	cosmetic
créafóg	clay
dailtíneach	impudent
dealrachán	collar-bone
dianchúram	intensive care
díle	flood
díograiseach	diligent

feighil (i bhf.)	in charge of
feisteas	equipment
fiodrince	twirling
flanndearg	vermilion
fleasc	wreath
gíoscán	grinding
ilstórach	multi-storey
liúnna	shouts
luascdhoras	swing-door
matáin	muscles
mearbhall	bewilderment, confusion
mórthaibhseach	spectacular
mullard	bollard
osna	sigh
pramsáil	prance, caper
riteoga	tights
sac	cram, stuff
scairdeán	jet, spout
scarlóideach	scarlet
sciotaíl	giggling
scríob	scrape
síniúchán	petition
smideadh	make-up
smut	stump, piece
snagaireacht	gasping, sobbing
spágach	clumsy-footed
spallaíocht	flirting
sreangach	wiry
stán	stare
strainc	frown
streachailt	struggle

tiarálaí	slogger, hard worker
treascairt	overthrow, defeat
tuisle	trip, stumble
ubhchruthach	oval

Teifigh

aiféala	regret
aigéadach	acidic
básta	waist
beartaíocht	scheming
beogacht	liveliness
blaosc	skull
bleachtaire	detective
bogásach	smug
borb	rude
brothall	heat
ceannaithe	features
ceobhrán	drizzle
ciseach	mess
coilgneach	irritable, irascible
cronaigh	miss
cuisle	vein
cuisneoir	fridge
dea-mhéineach	well-intentioned
déine	intensity
deonach	condescending
diamhrach	dark, obscure, mysterious
dobrónach	grieving
faoiseamh	rclief

fionnuaire	coolness
fíoruisce	springwater
fothraigh	ruins
gamba	lump
goirín	pimple
gonta	intense
gréisceach	greasy
leasainm	nickname
líonrith	excitement
luasghéaraigh	accelerate
malartaigh	exchange
muirniú	caress
marbhánta	lifeless, lethargic
osréalachas	surrealism
searbhasach	bitter
siosarnach	hissing, whispering
slaod scairdeáin	fountain
snáth	thread, yarn
sonrach	specific
súigh	suck
timpeallaigh	surround
tionlacan	accompany
tormáil	rumble

Saol Eile ar Fad a Bhí Ann

airdeallach	cautious, wary
beathúil	nourishing
cnagaire	knocker
cronaigh	(to) miss

cruógach	busy
fionnadh	fur
gnúsacht	grunt
lipéad	label
meadhrán	dizziness
ómós	respect
peataireacht	fussing
reoigh	freeze
ribe	a hair
saor-raoin	free-range
scrofa	scrambled
séacla	emaciated person/animal
torrach	pregnant
troscán	furniture

An Chéad Uair

ceasúil	cloying
cíochbheart	bra
cosantóir	defender
creathán	quiver
cúléisteacht	eavesdropping
dosheachanta	unavoidable
duibheagán	abyss
faillí	neglect
feargacht	virility
foláireamh	warning
glacadóir	receiver
gráscar	scuffle
groí	strong

guaim	(self)control
labhandar	lavender
lámhacán	crawling
logall	socket
logán	hollow
loinnir	gleam, shine
lonrach	bright, shining
lúbarnaíl	twisting, writhing
nochtaigh	expose
poibleog	poplar
saghdar	cider
scal	burst
screamhóg	flake
seachantach	evasive
slíocadh	touch, stroke
smionagar	fragments
teagascóir	tutor
tráchtaireacht	commentary